아빠라는 말도, 부모라는 역할도,
모든 게 처음인 우리들에게

아빠는
육아중

보통 아빠의
생활 밀착형
가족 관찰기

중앙 books
JoongAng Ilbo

우리가 언제 제대로
육아를 배운 적 있나요?

2015년 어느 여름. 딸아이의 전화를 받았습니다. 방학 숙제가 밀렸는데 아빠의
도움이 필요하다는 애교 가득한 부탁의 전화.
아빠가 엄마보다는 훨씬 정성껏 도와 줄 거라며 아빠와 숙제를 하라고 저의
돌부처 마눌님이 친절히(?) 아이에게 신신당부한 모양입니다.
모처럼 쉬는 주말 내내… 그렇게 아빠는 딸아이를 붙들고 방학 숙제 미션
수행을 하게 되었습니다.

그런데 아이의 그림일기 방학 숙제를 찬찬히 보고 있노라니,
이가 빠진 낡은 밥상에 쪼그리고 앉아 그림일기를 그리고 있던 어릴 적 제
모습이 파노라마처럼 머릿속에 맴돌더군요.
'아… 나도 저런 시절이 있었는데, 벌써 두 딸을 키우는 40대 중년이 되어
버렸네. 시간 한번 빠르구나'
그리고 동시에 지금 이 순간의 모든 것들이 너무나 소중해서, 오랫동안
간직하고 싶다는 생각이 들었습니다.

대한민국의 평범한 40대 중년 남성이 되어버린 아빠 혹은 부모의 일상을
그림일기로 옮겨보고 싶어졌습니다.
시간이 지나도 그 기억 그대로이기를 바라면서요.

일상의 기록을 남기고자 시작한 블로그(세 여자를 짝사랑하는 남자 http://
blog.naver.com/gannin_papa)를 통해 일기를 처음 올리기 시작하면서
걱정도 있었습니다. 오픈 된 공간에 제 개인적인 일상의 민낯을 그대로
드러내는 것이 부끄럽기도 했고요.

그런데 하루에 하나, 때로는 일주일에 하나씩, 그림일기의 기록들을 개인
블로그에 차곡차곡 남기던 중, 제가 올리고 있던 이 그림일기가 저만의
이야기가 아니라는 것을 알게 되었습니다.
블로그 이웃 님들이 늘어가고 또 제 이야기에 공감과 응원 글을 올려주는
내용을 보면서 저 혼자만의 이야기가 아닌 우리끼리의 공감 코드가 있다는
것에 놀라기도 했습니다

아이를 키우면서 웃고 울게 되는 이야기, 부부의 투닥거리는 이야기, 부모님에
대한 마음들, 그리고 40대 가장의 무게감 등 대부분 비슷한 경험들을 하고
있다라는 생각에, 누군가의 아빠, 누군가의 엄마, 누군가의 가족인 이 시대를
함께 살아가는 분들과 함께 소통하고 싶었습니다.
이야기를 나누고 공감하고 위로 받고, 그렇게 말이죠.

만약, 아이의 방학 숙제를 봐주지 않았다면, 아이의 성장에 대한 기록들
그리고 저와 우리 가족의 삶의 이야기들을 되돌아보지 못했을 것 같습니다.
오늘도 내일도 아니 앞으로도 쭈욱~ 아빠는 제 삶의 기록들을 스케치할
것입니다.
시간이 흘러 흘러 우리 아이들 곁에 제가 없을 때, 제 그림일기를 보고 우리
아이들이 도장 하나 찍어주길 소망합니다.
방학 숙제에 선생님이 늘 찍어주시던!
"참 잘했어요~" 도장 말입니다.
가끔은 부모도 칭찬 스티커를 받고 싶을 때가 있으니까요 !!

– 여전히 아빠는 육아중.

어쩌다 아빠가 되기까지

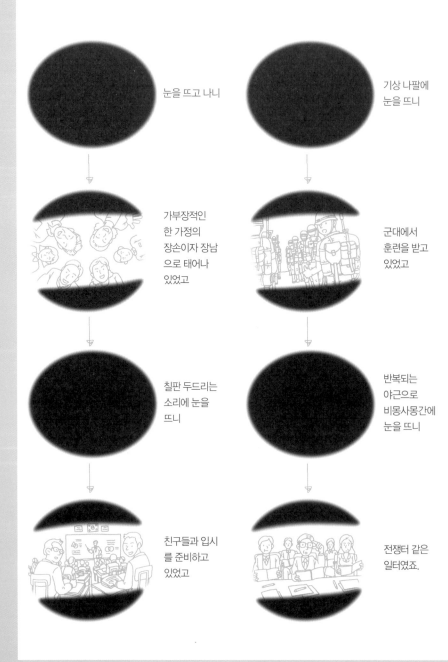

눈을 뜨고 나니

기상 나팔에
눈을 뜨니

가부장적인
한 가정의
장손이자 장남
으로 태어나
있었고

군대에서
훈련을 받고
있었고

칠판 두드리는
소리에 눈을
뜨니

반복되는
야근으로
비몽사몽간에
눈을 뜨니

친구들과 입시
를 준비하고
있었고

전쟁터 같은
일터였죠.

팔을 꼬집혀
깨어보니

아빠~소리에
눈을 떠보니

사랑하는 여자
친구와
영화관 데이트
중이었고

세 여자가
나를 보며
환하게 웃고
있네요.

아이 우는
소리에 깨보니

그렇게,
부모 수업
한번 제대로
받아본 적 없
이 순식간에
'아빠'라는
타이틀을
얻었습니다.

내 팔에
아기가 안겨져
있었습니다.

그리고,
이렇게 40대
중반의 인생을
살아가는
한 여자의
남편이자, 두
아이의 아빠!

어쩌다 아빠가 되기까지

전쟁터 같은 삶
속에서도 아이들의
사진을 보며
다시 힘을 내고
고군분투하는

훌쩍 커버린
아이들이
결혼한다고 할
것만 같은,

내 아빠가
그러했고
이 시대 모든
아빠들이 걸어
가고 있는
같은 길을 걷
고 있습니다.

그리고
품 안의
아이들이 그
아이들의
아이를 안고
나타나겠죠.

어느 날 자는
아이의 얼굴을
쓰다듬다
불현듯 이런
생각이 들더군
요.

또 한 번 눈을
감았다 뜨면

그때부터,
대한민국의 평범한 40대
중년 남성이 되어버린 저의 일상을
그림일기로 그리기 시작했습니다.
시간이 지나도
그 기억은 그대로이기를 바라면서요!!

아빠는 육아 중 **목차**

우리 가족을 소개합니다

시크한 돌부처 마눌님

연애할 때 나긋나긋하고 애교 많고 상냥했으나 두 아이의 엄마가 된 이후 득도한 돌부처 마눌님이 되셨다. 이젠 되레 내가 애교를 부려야 할 판이다. 회사에서는 커리어 우먼으로, 집에서는 상아줌마의 매우 극단적인 양면을 보여주고 있는 대한민국 대표 워킹맘이다

꽃보다 천재! 큰딸

시크하기로 따지면 마눌님보다 한 수 위인 나의 큰딸~ 그림도 잘 그리고 책 읽기도 좋아하고 상상력도 풍부한 빨간 머리 앤 같은 녀석. 또 기억력은 얼마나 좋은지~~ 선생님이 내주신 숙제는 살짝 까먹어도 어릴 적 사소한 것까지 모든걸 기억해내는 꽃보다 천재!? 동생에게 사랑을 빼길까 늘 조바심 내는 9살 천생 첫째 딸이다.

세.짝.남

돌부처 같은 아내와 여우 같은 두 딸의 사랑을
갈구하는 남자. 이제는 뼛속까지 차오른 살과 넉넉한
뱃살의 소유자이지만 나름 소싯적 날렵한 턱선의
상남자 스타일이었음을… 자랑처럼 이야기하게 된
어느덧 아재 스타일이 돼 버린, 대한민국의 보통 40대
중년 남자이자 세 여자를 짝사랑하는 남자.

애교쟁이 둘째 딸

우리 집 공식 분위기 메이커,
애교쟁이 나의 둘째 딸~
눈치 100단의 꼬마 여우.
집 안 분위기가 한랭전선을
탈라치면, 요~녀석
신통방통하게 애교작전을
펴서 가족들을
웃게 만든다.
엄마 아빠의 사랑을 몽땅~
차지하고 싶은
5살 욕심쟁이 천생
둘째 딸이다.

아빠는 육아 중 **01**

아내는 여자랍니다

	오	늘		한		여	자	를	
만	났	다	.	현	명	해		보	이
는		여	자	인		거		같	다
내	일	부	터		학	원		가	는
길	이		즐	거	울		거		같
다	.	뭐	라		말		걸	어	볼
까	?								

.

인연이라 생각했는데
운명이었다.

	기	다	리	던		첫		데	이
트		날	~	여	자	친	구	가	
빨	간		나	시	티	를		입	고
나	왔	다	.	그	런		그	녀	를
보	며		칭	찬	을		해	줬	다
'	우	리		여	친	,	어	릴	때
수	영	했	구	나	~	어	깨	가	! '

처음엔 모든 게 서투니까

첫 데이트 날
상기된 마음을 감추려고 농담을 했는데
아뿔싸…
큰 실수를 한 것 같다.
어이없이 날 쳐다보던 그녀의 눈빛이 꿈속에도 나온다.
그 후로 어깨에 관한 이야기는
우리 집에서는 금기어 !

나	의		그	녀	는			감	정
표	현	에		익	숙	치		않	다
좋	아	해	,	사	랑	해	란		말
을		절	대	하	지		않	는	다
쑥	스	럽	다	나	…	애	교	도	
없	다	.		하	루	에		한	마	디
씩		교	육	시	켜	야		겠	다

어른들도 감정 표현에 서툴답니다

나의 감정 코칭이 좋았던 걸까?
요즘은 정~말 감정 표현을 잘 하는 당신
그런데 사랑해~라는 말은 어디 가고
잔소리만 늘었네 ㅠㅠ

	사	랑	하	는		그	녀	를	
위	해		프	러	포	즈	를		준
비	했	다	.	극	장	을		통	째
로		빌	려		그	녀	만	을	
위	한		영	화	를		준	비	했
다	.	감	동	해	서		울	면	…
멋	있	게		달	래	줘	야	지	~

내 인생 최고의 용서 아이템

인생 선배님들이 늘 말씀하시길
프러포즈를 제대로 해야 평생 구박을 안 당한다고 했다.
역시나 프러포즈는 평생의 이벤트!!
마눌님이 화가 날 때마다
두고두고 써먹고 있는
내 인생 최고의 용서 아이템이 되었다.

	양	가		부	모	님	을		모
시	고		상	견	례	를		했	다
장	모	님	이		오	시	길	래	
얼	른		가	서		꼬	옥		안
아	드	렸	다	.	우	리		엄	마
의		서	운	한		표	정	이	
등		뒤	에	서		느	껴	진	다

어떤 날의 상견례

제주에서 양가 부모님을 모시고 상견례를 했다.
장모님이 오시길래 얼른 일어나 꼬옥 안아 드렸다.
순간 나의 엄마의 너무나 서운한 표정을 읽었다.
'나한텐 손 한번 안 잡아주던 아들이…'

엄마… 미안…

우리 집에선 내가 장남이지만
그녀의 집에선 내가 막내 사위니까
친화력이 필요해요… 쿨럭 ㅠ

	오	늘		신	혼	집	에		들
어		갔	다	.	도	배	를		마
치	고		가	구	도		하	나	
없	는		빈		신	혼	집		방
바	닥	에		그	녀	와		누	웠
다	.	이	게		우	리	집	이	구
나	…	결	혼	이		실	감	난	다

신혼 집에서의 약속

은행을 1대 주주로 해서 대출 받아 장만한 그 집
코딱지만 한 집이지만
그녀와 함께 손을 잡고 텅 빈 방바닥에 누워 있으니
그 어떤 호텔 같은 공간도 부럽지 않다.
우리, 건강하고 행복하게
오래 오래 함께하자~

2013년 6월 9일 일요일	

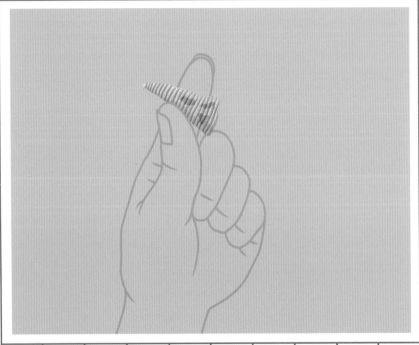

	연	애	할		때		도	도	하
기		그	지	없	던		그	녀	가
땅	거	지	가		됐	다.		아	이
가		흘	린		과	자	를		아
잡	다	며		후	후	~	불	고	
아	무	렇	지		않	게		그	냥
먹	는	다	ㄲ	ㄲ					

나의 꽃 같던 그녀가

상상도 못했다.
워낙 시크했던 그녀가
그런 우리 마눌이
과자며, 떡이며, 과일이며
아이들이 떨어뜨리는 족족
후후 불어가며 아무렇지도 않게 먹으며 말한다.

3초의 법칙이 있어~
3초 안에 먹으면 아무 일도 없다우~~

와우
나의 꽃 같던 그녀가
그렇게 아줌마가 되었다.

2014년 6월 8일 일요일

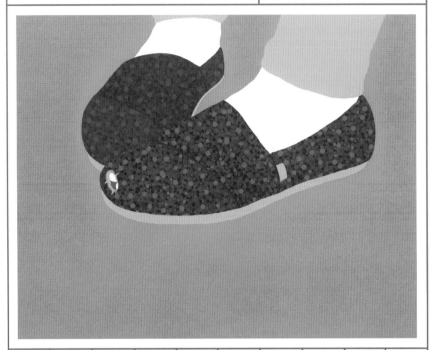

	외	출	하	는	데		마	늘	님
이		신	발	을		신	다		멈
첫	한	다	.	운	동	화	에		구
멍	이		생	겼	다	.	신	발	
사	러		가	자	니		'	잘	
안		신	는		신	발	이	야	~'
라	며		구	두	를		신	는	다 .

	외	출	하	는	데		아	내	가
편	하	다	며		단	화	를		신
는	다	.	연	애	할		땐		킬
힐	만		신	던		아	내	의	
굽	이		조	금	씩		낮	아	지
더	니		이	젠		아	예		굽
이		없	다	…					

	아	이		학	부	모		모	임
이		있	는		날	이	다	.	워
킹	맘		아	내	가		안	절	부
절	못	하	다		일		때	문	에
가	지		못	했	다	.	정	보	에
뒤	처	질	까		아	이	가		외
로	울	까		걱	정	한	다	.	

워킹맘의 비애 1

한 번의 쉼 없이 열정적으로 일하고 있는 워킹맘

아이가 초등학교 입학한 후 어느 날
나에게 전화를 했다
울먹울먹하며
반 모임에 참여하는 엄마들을 중심으로
소규모 모임이 만들어지고
그 모임을 통해 아이들이 어울리며 놀게 되는데
늘 우리 딸만 혼자라고
집에 혼자 있는 딸아이와 통화하다
감정이 북받쳤나 보다.
그래도 늘 그렇듯이 뭐 다른 방법이 있겠지

울 마눌 홧팅!!
사랑하고 존경해요~!

	아	내		핸	드	폰	을		보
고		깜	짝	놀	랐	다	.		업	데
이	트		메	시	지	가		140	개
나		떠		있	는	데			그	냥
놔	두	고		있	다	.		난		1
개	만		떠	있	어	도			눈	에
거	슬	리	는	데	…				

우린 성격이 정반대라서

당최 이해가 안 된다.
휴대폰의 저 많은 앱들
업그레이드 하라는 숫자를 보면
즉각적으로 해결을 해줘야만 하는 내 성격상
마눌님의 휴대폰을 보면
속이 터진다.

나 : 꼼꼼함, 섬세함, 예민함 (소문자 A형)
마눌님 : 非 꼼꼼함, 非 섬세함, 非 예민함 (트리플 O형)

이렇게 성격이 정반대라서
오랜 기간, 연애하고, 결혼했나 보다ㅎㅎ

2014년 12월 16일 화요일

	아	내	가		몸	살	에		걸
렸	다	.		연	애	할		땐		그
리	도		건	강	하	던		마	늘
님	이	없	는	데	…	본	인	의
면	역	력	을		아	이	들	에	게
다		나	눠	준		거		같	다
고		한	다	.				

엄마의 면역력

애 낳기 전까지는 앓아 누운 모습을
한 번도 본 적이 없다. (술병 난 거는 제외)
세월에 장사가 없는 건지
아니면 마눌님 말처럼 아이에게 면역력을
다 나눠줘 버린 것인지
자주 감기에 걸리고 여기저기 아프다 한다.
맘이 좋지 않다.

마눌… 제발 아프지 말아요

2015년 1월 8일 목요일

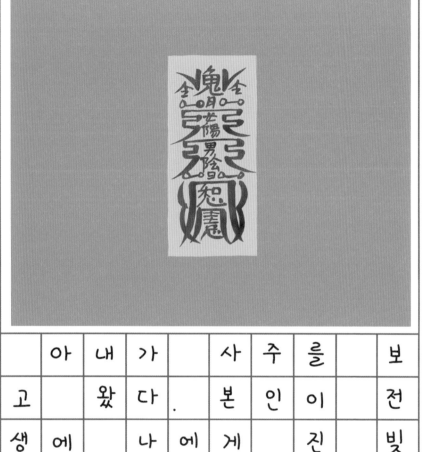

	아	내	가		사	주	를		보
고		왔	다	.	본	인	이		전
생	에		나	에	게		진		빚
이		많	아		지	금		그	
빚	을		갚	고		있	는		거
라	고		했	단	다	.	마	눌	~
이	자	도		갚	아	야	지	~	

전생을 믿나요?

점을 믿지 않는다.
혹세무민이라 확신한다.
그러나
이 점만은 믿고 싶다.
아내가 전생에 나에게 진 빚이
너무 많다는 점괘를~~~~~ㅎ
어쩐지 만나는 사람마다
나에게 결혼 참 잘했다며~~~ 칭찬을(쿨럭)

2015년 1월 24일 토요일

아	이	들		샤	워	를		시
키	고		머	리	를		말	려	주
었	다	.	이		모	습	을		본
마	눌	님	이		질	투	를		한
다	.	'	오	빠		내		머	리
한		번	이	라	도		말	려	준
적		있	어	?					

아내는 여자랍니다

손 놔두고 뭐해~ 직접 해~
툭 하고 퉁명스레 한마디 했다.
찌릿!
마눌님과 나 사이의 공기가
시베리아의 그것마냥 서늘해진다.
마눌…담 번엔 꼭 말려 줄게
아니 머리 감겨 줄게!!!!!!!!!!!

	아	이	가		밤	늦	게		열
이		펄	펄		끓	을		때	
아	내	는		어	떻	게		알	았
는	지		벌	떡		일	어	나	
애	를		간	호	하	고		있	다
내	가		코		골	며		푹	~
자	는		사	이	…				

.

연결 고리

엄마라는 존재는 참으로 신기하다.
아이가 태어난 그 순간부터
두 시간마다 일어나 모유수유를 하고
아이가 잠자리가 불편한지
살짝 칭얼거리는 소리만 들어도
자다가도 벌떡 일어나 아이 이부자리를 매만지고
아이가 열이 오르면 어떻게 알았는지
피곤한 눈 비비며
아이를 간호한다.
아빠는 옆에서 코 골며 자고 있는데
아마도 탯줄과는 또 다른
눈에 보이지 않는
엄마와 아이 사이의 연결 고리가 분명 있는 듯하다.

	출	근		준	비	를		하	던
아	내	가		옷	을		입	곤	
요	새		꼭		나	에	게		물
어	본	다	.	'	오	빠	,	나	옷
이		너	무		야	해	보	이	지
않	아	?	'	'	음	…	전	혀	~	'

세상에서 가장 어려운 퀴즈

대체 마눌은 어떤 답을 원하는 걸까?
야해 보인다고 대답할까?
예쁘다고 해야 하나?
섹시하다고?
나에게만큼은 샤론 스톤 같다고?
뭐지?
뭐지?
이런 생각들 속에 툭 뱉은 말
아니… 전혀~~~
마눌이 째려본다.
도대체 정답이 뭐지????

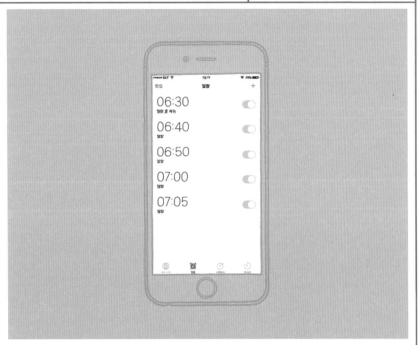

마	늘	님	은		기	상		알
람	을		여	러		개		해	놓
는	다	.		IO	분		간	격	으	로
그	러	나		항	상		일	어	나
는		건		7	시	IO	분	…	음
7	시	IO	분	에		하	나	만
하	면		안		될	까	?

알람

십분 단위로 일어나는 게 더 힘들겠구만…
당최 이해가 안 되는구만… 쩝…
군대에선 상상도 할 수 없는 일… 쿨럭…

	둘	째	가		하	루	에	도	
몇		번	씩		아	내	에	게	
전	화	를		한	단	다	. '	엄	마
언	제		와	?	빨	리		와	~
오	직		이		말	만		한	단
다	.	아	빠	는	?	안		들	어
가	도		돼	?					

워킹맘의 비애 2

한창 엄마를 찾을 나이
엄마는 늘 회사에 있다.

둘째가 나에게 전화를 건다.
엄마 언제 집에 오냐고
엄마랑 통화하고 싶은데 전화를 안받는다고
엄마랑 놀고 싶다고
엄마 회사 안 가게 하면 안 되냐고
엄마 빨리 들어오면 하고 싶은 게 너무 많다고
마음이 짠해져서
아이를 잘 다독거리고
아빠가 대신 일찍 들어가겠노라 이야기를 하고
전화를 끊는다.

에휴, 근데 내 딸
아빠도 좀 찾아주면 안 되겠니?

2015년 9월 10일 목 요일

	결	혼	하	고			오	누	이	가
된		것		같	아			돌	부	처
마	늘	에	게		첨	으	로			색
드	립	을		했	다	.		마	누	라
왈	,	'	음	란	마	귀	냐	?	'	신	동
엽	은		되	고		나	는			안
되	는		더	러	운		세	상	…	

음란 마귀

8년의 연애 기간
10년의 결혼 생활
눈만 마주쳐도 불에 덴 듯
활활 타오르던 연인에서
한 해, 한 해 지나면서 점차
얼굴과 몸매마저 닮아가는
오누이가 돼가는 느낌적인 느낌이 들던 때

정… 말 오랜만에 아이들이 일찍 잠이 든 어느 날
진… 짜 처음으로 마눌님에게
유행하는 색드립을 날렸다.
날 어이없게 바라보며
피식 웃으며 하는 말
오늘 왜 이래? 음란마귀 씌었어? 잠이나 자
이런 돌부처 같으니

	드	라	마	를		보	던		마
늘	님	이		갑	자	기		나	이
계	산	을		한	다	.	남	자	
주	인	공	과		자	기	와	의	
나	이		차	이	…	…	대	체	
그	건		왜		계	산	하	는	
건	데	?							

2015년 6월 14일 일요일

유아인, 유승호, 송
중기, 김수현… 드라마
남주들에게 하트 날
리는 돌부처 마눌님
나랑은 너무 틀린데?
이상형이 나 아니었
어?

년 월 일 요일	☀ ☁ 🌧 ☂ ☃

아내에게 못 다한 이야기를 그려 보세요

년 월 일 요일	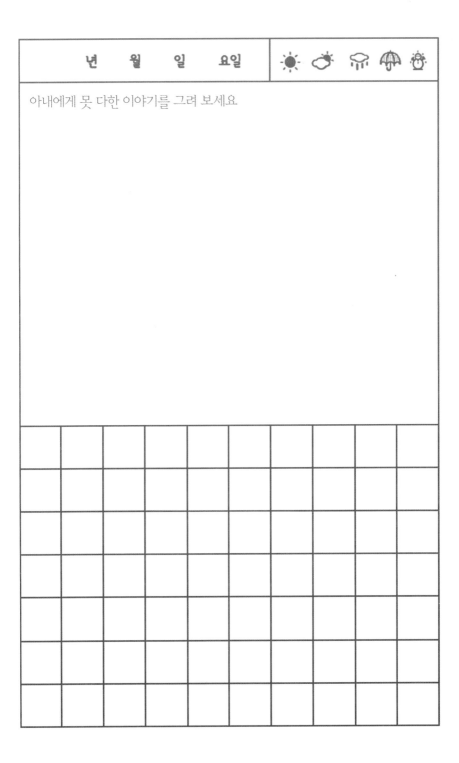

아내에게 못 다한 이야기를 그려 보세요

아빠는 육아 중 **02**

부모가 되니 아는 것들

2007 년 8월 23일 목 요일

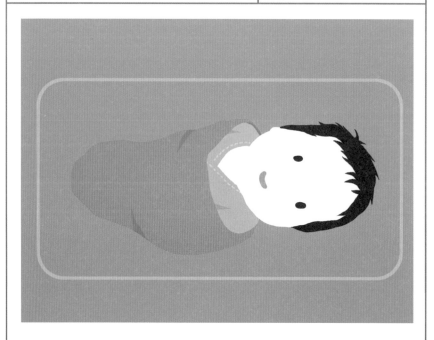

	내		인	생	,	두		번	째
여	자	가		내	게	로		왔	다
아	무	것	도		바	라	지		않
을		테	니		건	강	하	게	만
자	라		수	렴	~				

가족의 탄생

처음 보는 아이가 나를 쳐다본다.
새까만 눈으로 나를 쳐다본다.
낯설다.
처음 보는 아이를 안았다.
떨어 뜨릴까 무섭다. 너무 자그맣다.
처음 보는 아이가 나에게 윙크를 한다.
(정말이다. 나에게 윙크를 날렸다니깐!!)
가슴이 뛴다.
멍하다.
눈물이 핑 돈다.

	아	이	가		열	이		떨	어
지	질		않	더	니		새	벽	에
토	하	기		시	작	했	다	.	
응	급	실	에		갔	더	니		변
비		때	문	이	란	다	.	관	장
을		해	야		한	다	는	데	…
ㅠ	ㅠ								

변비라니!

아이가 일 년에 한두 번씩 응급실행을 한다.
감기 기운도 없는데 고열이 나고 새벽에 토한다.
무섭다, 어떤 병인 걸까
피검사, 엑스레이 등등의 검사가 끝나고
응급실 의사가 이야기한다.

'변비네요… 장에 변이랑 가스가 꽉 찼어요'
'변… 비… 4살짜리가… 변… 비'

허탈함에 다리가 후들거린다.
그래도 큰 병이 아니니 너무나 다행이다.
앞으론 더 골고루 먹자
그리고… 변비로는…
응급실 오지 말자~^^;

딸아, 아프지 마

	오	늘		드	디	어		가	흔
이	가		유	치	원		첫		등
교	를		했	다	.	혼	자		타
고		가	는		버	스	…	울	지
나		않	을	지		걱	정	하	고
학	부	형	인	가	?	유	치	원	도
학	부	형	이	겠	지	~			

(마지막 열 오른쪽에 "…" 표기)

모든 게 처음이라서

아이가 울지 않을까
걱정했지만
사실은
애를 배웅하며 뒤돌아 서서
시큰해진 콧등을 문지르고 있는 나

2010년	5월	24일	월요일	

	딸	아	이	가		열	감	기	에
걸	렸	다	.	해	열	제	를		먹
여	도		그	때	뿐	…	다	시	
열	이		올	라	온	다	.	해	열
시	트	를		붙	이	고		있	는
모	습	이		가	슴		아	프	다
ㅠ	ㅠ								.

부모가 되니 아는 것

아이가 아프면
대신 아파 주고 싶은 게
부모 마음이라는걸
부모가 돼서야 알게 된다.

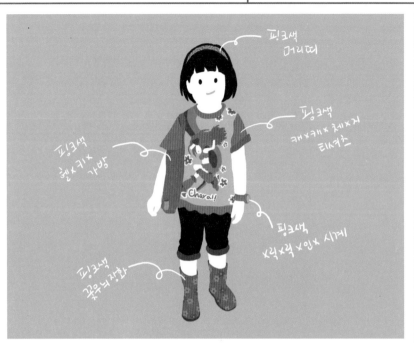

	아	침	부	터		전	쟁	이	다
엄	마	가		골	라	준		옷	들
다		싫	다		하	고		본	인
이		코	디	를		한	다	.	예
뿐		옷	들	도		많	은	데	…
그		옷	들	은	…	도	대	체	
왜	?								

자기 색깔에 관해서

회사 신입사원들만 자기 주장
자기 색깔이 강한 줄 알았다.
아니다…
4살 우리 공주님도 그러하다.
오늘도 핑크 아이템을 찾아 헤매는
나는
딸 바보 아빠랍니다.

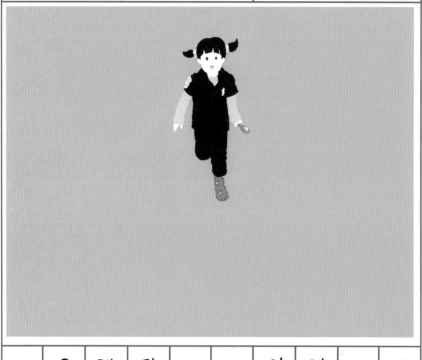

	오	랜	만	에		일	찍		퇴
근	했	다	.	놀	이	터	에	서	
놀	던		아	이	가		나	를	
보	곤		아	빠	~	하	며		달
려	온	다	.	저		웃	음	이	
밖	에	서		있	었	던		모	든
걸		잊	게		만	든	다	.	

내 인생의 사이다~

달달하다
상콤하다
스트레스 삶 속에 청량감을 주는
내 딸
사랑해~
(올 블랙 패션에 비도 안 오는데…
핑크 장화는… 좀… ㅠㅠ)

	요	새		딸	아	이	가		가
장		많	이		쓰	는		말	…
'	내	가	!	내	가	~	!	'	
'	내	가		할	래	~	내	가	'
물		따	르	고	,		가	위	질	은
좀		걱	정	되	는	데		그	것
만		아	빠	가		하	면	…	

독립심이 커 가는 과정

적극적인 딸아이의 모습을 보며
그래 그래, 직접 해봐~
직접 해봐야 자존감도 높아지지
인자한 미소를 짓는다.
정확히 3초 후
딸아! 그럼 안 되지!!!
엉망이 된 테이블과 바닥을
가게 주인 눈치를 보며 치우고 있는 나ㅜㅜ

살살 하자… 우리 딸~

서	울	랜	드	에		갔	다	.
날	개		벽	화	를		보	더	니
냉	큼		그		앞	에		선	다
키	가		커	져	서		날	개	가
몸	에		맞	으	면		아	빠	
곁	을		떠	나		어	딘	가	로
날	아	가		버	리	겠	지	?	

아빠는 쓸데없는
걱정이 많단다

시간이 흐른 어느 날
딱 맞는 날개 옷을 입은 나의 천사는
어딘가로 날아가겠지 ㅠㅠ
미래의 어떤 녀석은 듣거라!!
아빠가 두 눈 부릅뜨고 지켜보고 있다는 것을!

2011 년 12 월 21 일 수요일

	딸	아	이	가		그	린		그
림	을		보	여	준	다	.	화	려
한		색	감	,	머	플	러	의	
디	테	일	,	세	밀	한		묘	사
눈	송	이	의		화	려	함	…	
혹	시		이	녀	석	…	천	재	?

총각 시절엔 이해하지 못한 말

내 자식이 천재가 아닐까?
한번이라도 생각해보지 않은 부모는 없을 것이다.
부모만이 누릴 수 있는 착각(?)
총각 시절엔 정말 이해하지 못했다.

지금?
어휴… 말도 마세요~
우리 딸은 천재 중에 천재~!
엄지 척! ㅋ

2012년 6월 16일 토요일

	오	늘	은		초	밥	집	에	
갔	다	.	큰	아	이	가		새	우
튀	김		꼬	리	를		준	다	.
아	빠	,	이	거		좋	아	하	지 !
딸	아	~	아	빠	도		새	우	
몸	통		아	주		좋	아	한	단
다	~								

엄마는 짜장면이 싫다고 하셨지

초밥 먹을 때
큰아이가 먹고 남긴
새우튀김 꼬리가 아까워
그때마다 먹었더니
아빠가 새우 꼬리만 좋아하는 줄 안다.

울 엄마도 짜장면이 싫다고 하셨었지
생선 머리만 좋아하시고

ㅠㅠ

2013년 6월 20일 목 요일

	침	대		2	개	를		붙	이
고		온		가	족	이		한	방
에	서		잠	잔		지		어	언
2	년	…	가	까	이		하	기	엔
너	무		면		당	신	이		뒤
어	간	다	.	동	생		낳	아	달
라	며	!!							

가까이 하기엔 너무 먼 당신

잊으려 하면 할수록
그리움이 더욱 더 하겠지만 ^^

	큰	아	이		유	치	원	에	서
동	요	대	회	가		있	었	다	.
식	은	땀	이		났	다	.		엄	마
아	빠	는		이	리		긴	장	되
고		떨	리	는	데		딸	아	이
는		무	덤	덤	해		보	인	다	.

서로 다른 떨림

무대 위를 걸어가다가 넘어지진 않을까
가사를 까먹진 않을까
음정이 틀려 사람들이 웃진 않을까
겁먹진 않을까
잘 해낼 수 있을까

별의별 생각이 다 들어
가슴 졸이고 있는데
우리 딸아이
너무나 당당하게 무대 위를 걸어 올라가
너무나 차분하고 다부지게
가사 하나, 음정 하나 틀리지 않고 노래를 한다.

역시 내 딸!!!
아빠보다 낫다!!!
만세!!!

2013년 10월 23일 수요일

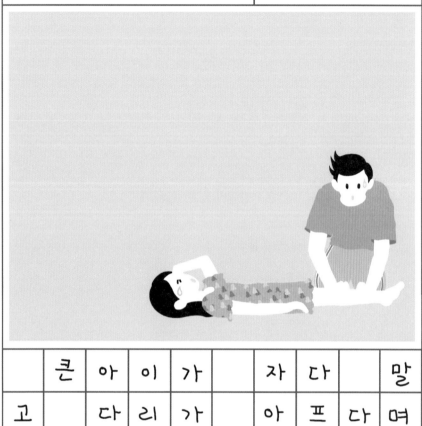

	큰	아	이	가		자	다		말
고		다	리	가		아	프	다	며
엉	엉		운	다	.	응	급	실	을
가	야		하	나		깜	짝		놀
라		찾	아	보	니		성	장	통
인		거		같	다	.	아	픈	
만	큼		자	라	겠	구	나	…	

성장통

그렇게…
몸도, 마음도 자라나는 거겠지…

	우	와	!	집	에		왔	더	니
큰	아	이		취	학	통	지	서	가
나	와		있	다	!	내	가		학
부	모	라	니	…	처	음	엔		신
기	하	고		좋	았	었	는	데	
갑	자	기		걱	정	이		앞	선
다	.								

학부모도 처음이라서

학용품은 뭘 준비해야 하지?

가방은?

손수건 필요한가?

전과는 어떤 걸 준비하지? 지금도 전과가 있나?

친구들이랑 잘 지낼까?

아침에 등교는 어떻게 시키지?

학교 끝나고 혼자 집에 올 수 있을까?

…

아빠들 중에 내가 제일 나이 많은 건 아닐까?

2014년 2월 13일 목요일

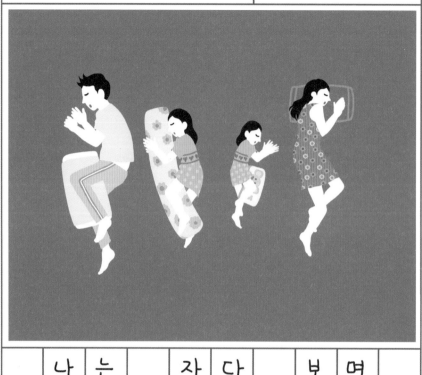

나	는		자	다		보	면	
어	느	새	베	개	를		무	릎
에		끼	고		잔	다	.	우	리
집		두		여	자	도		나	와
같	은		자	세	로		잠	을
잔	다	.	엄	마	만		빼	고	~
역	시		내		딸	들	~	

	아	이	들	과		TV	를		보
고		있	는	데		마	늘	님	이
갑	자	기		웃	으	며	'	어	쩜
그	리		닮	았	냐	고		한	다
당	연	하	지	!	내		딸	들	인
데		뭐	?	얼	굴			말	고	?
행	동	이	?	행	동	이		왜	?

	외	출	하	고		온		세	
여	자	들	이		허	물	을		벗
기		시	작	한	다	..	난		세
여	자		뒤	를		쫓	으	며	
허	물	을		주	워	담	는	다	.
제	발		빨	래	통	에		좀	
넣	으	라	고	!					

	둘	째	와		마	늘	님	이	
엘	리	베	이	터	에		탔	는	데
방	귀	소	리	가		났	다	.	아
이	가		갑	자	기	'	엄	마	는
방	구	쟁	이	~'	라	고		소	리
쳤	단	다	.	억	울	하	게	도	…

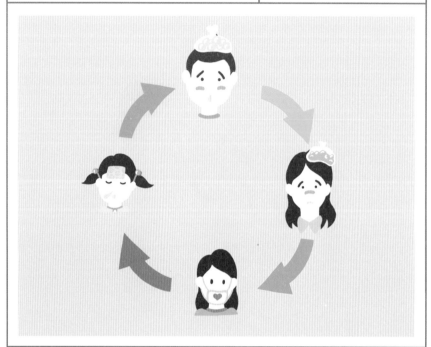

	둘	째	가		어	린	이	집	에
서		감	기	에		걸	려		왔
다.	그		감	기	가			큰	애
로		갚	다		엄	마	를		거
쳐		나	에	게		왔	다.		제
발		내		선	에	서		끝	내
야		하	는	데	…				

뫼비우스의 띠

어린이집, 유치원에서 한 아이가 감기에 걸리면
대부분의 아이들이 돌림 감기에 걸리게 되는 것 같다.
집에서도 예외가 아니어서
작은딸이 3~4일 내리 앓고 난 후엔 어김없이
큰딸이 그리고 아내가, 다시 내가 걸리고 만다.

뫼비우스의 띠처럼
돌고~도는 물레방아 인생… 아니 감기

2014 년	9 월	30 일	화 요일	

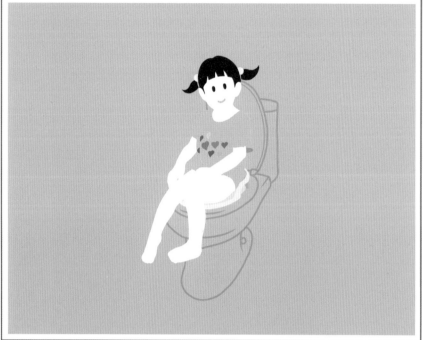

	이	제	곧		둘	째	가		5
살	이	된	다	.	아	직		혼	자
화	장	실	도	…	밥	도	못	먹	고
옷	도	혼	자		못	입	는	데	…
흠	…	어	린	이	집	에		보	낼
까	?	유	치	원	?	고	민	이	다

여러분은 어떻게 하세요?

어린이집? 유치원? 어린이집? 유치원?
갈팡질팡이다.
7살엔 유치원 보내기가 전쟁이라
미리미리 유치원에 보내라는 선배들의 조언을 듣노라니
안 보낼 수도 없고
허어… 참으로 고민이로세

| 2014년 | 11월 | 12일 | 수요일 |  |

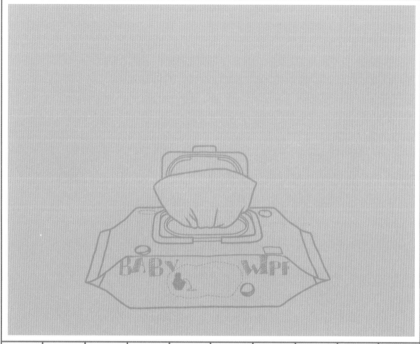

	세	상	을		바	꾼		인	류
최	고	의		발	명	품		중	
하	나	는		물	티	슈	라		확
신	한	다	.	아	이	를		키	우
면	서		물	티	슈	가		없	었
다	면	?	상	상	하	기	도		싫
다	…								

아빠를 위한 최고의 발명품

아이 손에 묻은 흙 닦아주기
짜장면으로 얼룩진 아이의 입 닦아주기
응가한 아이 엉덩이 닦아주기
세 여자가 어지른 식탁 닦기

…

뭐든, 참 쉽게 할 수 있는
아빠 기준, 최고의 발명품!

	큰	아	이	가		짬	만	있	으
면		내		핸	드	폰	을		가
져	가		게	임	을		한	다	.
아	이	가		심	심	해	할	때	
내	한		몸		편	하	고	자	
건	네	줬	던		건	데	…	반	성
해	야	겠	다	.					

아이의 거울은 어른이다

아이의 거울은 어른이라는 것을
다시금 느끼게 된다.
손 들고 반성 중인 나
마눌! 언릉 내 옆에서 손 드슈~

	오	늘		아	이	들		이	모
집	에	서		자	고	오	기	로
했	다	.	큰	애	가		노	란	이
불	을		챙	긴	다	.	더		예
쁜		이	불	도		많	은	데
꼭		저		노	란	이	불	만	.
덮	고		잔	다	.			

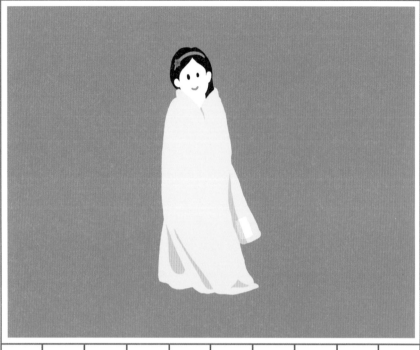

아이는 포근함을 기억한다

큰아이 돌 선물로
친구가 해준 선물이다.
큰딸과 늘 함께한 노란 이불은 이미
여기저기 많이 해져서 기워 놓았다.
그러나 딸아이는 여행을 갈 때도,
그 어디에서도 노란 이불이 없으면 잠이 안 온다고 한다.

흠…
어릴 적, 나와 마눌님이 많이 바빴을 때
딸과 함께 있지 못해서
저 이불을 끌어안고 자다 보니 애착 관계가 생긴 걸까?
미안해 우리 딸 ㅠㅠ

2015 년 3 월 4 일 수 요일

	퇴	근	하	고		집	에		가
니		큰	아	이	가		달	려	와
안	긴	다	.	근	데		아	이	
얼	굴	이		내		배	에		닿
는	다	.	언	제		이	렇	게	
큰		거	지	?	깜	짝		놀	랐
다	.								

아빠도 점점 자란다

아이가 크는 만큼 나도 함께 커간다.
좀 더 어른, 진짜 어른으로
성장하고 있는 거겠지…

| 2015년 | 3월 | 8일 | 일요일 |  |

	아	이	들		태	어	나	기	
전		이	건		제	발		엄	마
닮	고		이	건		아	빠	를	
닮	았	으	면		생	각	했	던	
것	들	이		어	쩜		이	리	도
요	리	조	리		피	해	가	며	
닮	았	는	지		ㅠㅠ				

DNA가 뭐길래

노래 솜씨는 엄마를 닮기를
오똑 솟은 콧날은 아빠를 닮기를
하얀 피부는 엄마를 닮기를
다리 길이는 아빠를 닮기를
빌었으나…
어쩜 이리 다 피해가지??

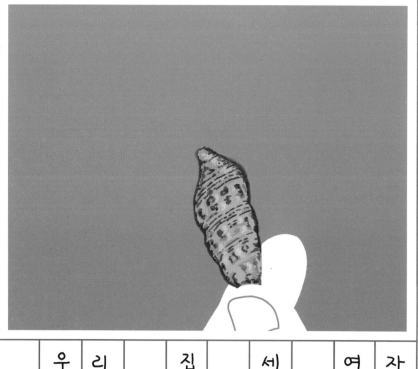

우	리		집		세		여	자
는		소	라	를		정	말		좋
아	한	다	.	길	거	리		가	다
가	도		소	라	만		보	이	면
세		여	자	가		달	려	든	다
나	는		소	라		별	로		안
좋	아	하	는	데	…			

유전의 신비

뭐가 그리 맛이 있단 건지
세 여자가 너무나 맛있게도 쪽쪽 빨며
소라를 먹고 있다.
심지어 국물까지 원샷!
유전의 신비는 끝이 없도다.

년	월	일	요일	☀ ⛅ 🌧 ☂ ☃

부모라서 가슴뭉클했던 순간을 그려 보세요

년	월	일	요일	☀ ⛅ 🌧 ☂ 🐧

부모라서 가슴뭉클했던 순간을 그려 보세요

아빠는 육아 중 **03**

사랑은 셈이 아니다

2011 년 9 월 5 일 **월**요일

	세		번	째		여	자	를	
만	나	다	.	엄	마	를		아	프
지		않	게		한		걸		보
니		이	녀	석	도		효	녀	인
가		보	다	.	세		여	자	와
의		생	활	이		아	주		많
이		기	대	된	다	.			

혼자면 외로울 거 같았다

혹여, 이 다음
아빠 엄마가 하늘나라에 갔을 때
혼자 남을 아이가 외로울 것 같았다.
서로 의지할 누군가가 있었으면 했다.
그런 결심 속에 태어난 나의 세 번째 여자…

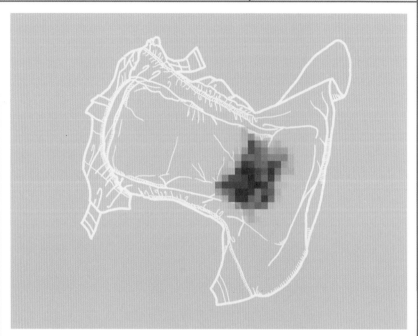

	큰	애		때	는		병	원	
갈		때		변		본		기	저
귀	를		챙	기	는		게		뻘
쭘	했	는	데		둘	째		때	는
사	진	까	지		찍	어	서		가
져	간	다	.	낳	기	만		한	다
면		뭐	든	지		한	다	!	

아줌마가 되어간다

여자들이 엄마가 되고 난 후
흔히 말하는 아줌마가 되어간다고 하는데
뭐… 남자들도 아빠가 되면
아줌마보다 더한 아줌빠(?)가 되어가는 것 같다.
나름 상남자란 소리를 듣던 내가
아이 똥 기저귀를 들고 병원을 다니며
냄새도 맡아보고 색깔도 보고
의사와 아이의 변을 가지고
친숙하게 이야기할 수 있는 용기도 생겼다.
여자는 강하다?
남자도 강하다…라고 힘주어
강조하는 바입니다 -..-;;

2012년 8월 27일 월요일

놀	이	터	에	서		큰	아	이
유	치	원		친	구	를		만	났
다	.	냉	큼		달	려	가	더	니
와	락		끌	어	안	는	다	.	남
자	친	구	란	다	.	배	신	감	이
든	다	.		아	빠	랑		결	혼	한
다	며	!

남자 친구

아빠도
그렇게
와락
안아주렴

어흑… ㅠㅠ

사위… 나쁜 XX

2013년 5월 11일 토요일

	산	책	을		나	갔	다	.		갑
자	기		동	생	이		탄			자
전	거	를		자	기	가			밀	겠
다	는		첫	째	.	땀	을			뻘
뻘		흘	리	면	서	도			힘	들
다		내	색	하	지		않	는	다	.

사랑은 셈이 아니야

동생에게 사랑을 빼앗겼다고 엉엉 울던 큰아이

사랑은 나눠지는 게 아니라고 얘길 해도
그때만 고개를 끄덕이곤
바로 시샘하는 울 큰딸
그런데 참 어떨 때는
의젓하게 자기 동생을 챙기는데
유모차를 끌 때나
맛있는 거 생겼을 때
재미난 거 봤을 때

엄마 아빠보다 동생을 그 누구보다
먼저 생각하는 착한 내 딸

	둘	째		아	이	가		열	감
기	에		걸	렸	는	지		열	이
오	른	다	.	큰	아	이		때	는
열	이		안		떨	어	지	면	
무	조	건		응	급	실	로		뛰
었	었	는	데	,	둘	째	는		한
번	도		안		데	려	갔	다	.

둘째는 그냥 키운다지만

첫째와 둘째를 바라보는 관점이 이토록 다를까

큰아이에게는 뭐든지 새로운 시도를 하고 수정하고
또 새롭게 시작을 하지만
둘째는 이미 시행착오를 겪은 바가 있어
대부분이 패스~되곤 한다.
경험치가 쌓였다고 볼 수 있고
육아 노하우가 어느 정도 쌓여서일 수도 있고
이렇듯 둘째가 아플 땐
부모는 반 의사가 되곤 한다.
(물론 너무 아플 땐 바로 바로 병원으로^^:)

	동	생	과		놀	고		뒷	정
리	를		안		해		큰	애	를
혼	냈	다	.	그	러	고		보	니
항	상		큰	애	만		혼	난	다
둘	이		싸	워	도	…	또		다
쳐	도	…	큰	아	이	의		숙	명
인	가	?							

첫째라는 무게감

자는 줄 알았던 큰아이가 조용하게 말을 건다.
아빠, 동생이 있어서 너무 좋긴 한데
어떨 땐 너무 얄미워
아차. 일곱 살 큰애를 마치 다 큰 아이처럼
생각하고 있었던 건 아닐까

동생이랑 놀아줘
동생한테 그러면 안 되지
동생이 누굴 보고 배우겠니?
동생이 어질렀어도 같이 치우면 안 될까?
이랬구나, 아빠가

미안한 마음에 다시 잠에 빠진 큰아이의 머리를
가만히 쓰다듬어 본다.

2013년 9월 13일 금요일

	잠	이		든		큰	아	이	의
가	슴	에		손	을		대	본	다
심	장	박	동	이		손	을		통
해		느	껴	진	다	.	내		심
장		한		부	분	을		떼	어
넣	은		것		같	다	.		

내 심장의 한 부분

고요해진 밤
쌔근쌔근 잠든 아이들의 얼굴을
가만히 들여다보면
어찌나 사랑스럽고
어찌나 경이로운지
세상 태어나 가장 잘한 일이
내 새끼 낳은 것이라 생각될 만큼
오늘도 아이의 쌔근쌔근 잠든 얼굴을 보며
가만히 심장소리를 들어본다.

두근두근
신비스럽고
뭉클한 이 소리
두근두근
아이의 심장소리가 내 심장을 울린다.

	오	늘	은		큰	아	이		초
등	학	교		입	학	식	날	이	다
큰	아	이	는		담	담	한	데	
내	가		더		들	뜬		것	
같	다	.	우	리		부	모	님	도
이	런		심	정	이	었	겠	지	?

입학식

좋은 친구들 많이 사귀었으면
학교생활 잘 했으면
선생님한테 예쁨 받았으면
좋은 추억 많이 만들었으면
자기 꿈을 찾았으면
다치지 말았으면
공부는 쪼금만 잘했으면…

아주까지는 아니지만
그래도 남들만큼만--)

오늘은 큰 아이 참관수업날이다. 아이가 기 죽을까 바쁜 엄마 대신 다녀왔다. 선생님 질문에 손도 잘 들고 대답도 잘한다. 고마워~

참관 수업

긴장했다.
가슴이 두근두근
아이가?
아니~ 아빠가

짝꿍과 씩~웃으며 수다를 떨고
손도 번쩍번쩍 들며 수업에 열중하는
딸아이를 보고 있자니
긴장감은 사라지고
그제야 주변을 둘러보게 되는
여유가 생겼다.

그.런.데.
이런… 나만… 남자… 아니 아빠다.
마눌… 담 번엔 꼭 마눌이 와야 돼~~~~꼭~~~

	사	람	의		뒷	모	습	엔	
그	의		인	생	이		보	인	다
는		말	이		있	다	.	세	
여	자		뒷	모	습	에		좋	은
인	생	을		남	겨	주	고		싶
다	.	근	데		나	도		그	사
이	에		끼	면		안		될	까	?

가족의 뒷 모습을 본 적 있나요

가끔
나의 세 여자가 앞서 걸어가는 걸 볼 때가 있다.
무슨 이야기들이 그리 재밌는 지
꺄르르 웃는 소리
깡총 뛰어가는 뒷모습만 봐도 행복감이 밀려온다.
나의 세 여자가 앞으로도 저렇게 행복하고
여유롭고, 평온한 뒷모습이길 바란다.

	오	늘	은		둘	째		아	이
유	치	원		입	학	원	서		접
수	날	이	다	.	10	시	부	터
접	수		시	작	이	라		9	시
에		도	착	했	더	니		6	등
이	었	다	.	참	~	다	행	이	었
다	.							

선착순

전날부터 유치원 앞에서 줄을 서는 사람들

...

대한민국에서 아이 키우기 참 힘들다.

| | 2014년 11월 20일 목 요일 | | | | | | | | | |

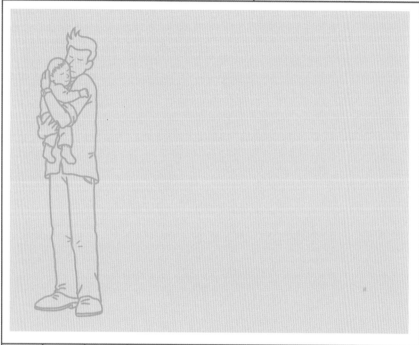

	큰	애	는		심	장	병	을	
갖	고		태	어	났	다	.	아	이
만		건	강	하	다	면		아	무
것	도		바	라	지		않	겠	다
기	도	했	다	.	7	년		후	'
숙	제		안	해	?	공	부	는	?
그		약	속		잊	었	었	다	.

초심을 잃었다

정말 바랄 건 딱 하나밖에 없었는데
아이가 커 갈수록
욕심이 하나 둘씩 걷잡을 수 없이 늘어난다.
잔소리가 많아지고, 원하는 게 많아진다.
원상 복구를 해야 하는데
알면서도 참 잘 안 되는 게 답답하다.
초심을 잃었다.

큰	아	이	가		요	새		부
쩍		협	상	을		하	려		한
다	.	동	생	과		놀	아	줄	
테	니		뭐		사	줘	~	병	원
갈		테	니		뭐		사	줘	~
협	상	의		기	술	이	라	는	
책	이		있	던	가	?			

협상의 기술

이런 고급(?) 기술,
아무래도 우리 마눌님에게 배운 듯!!

	오	늘	도		큰	아	이	를	
등	교	시	켜		주	었	다	.	
같	이		걸	어		가	는	데	
친	구	들	을		만	나	니		아
빠		이	제		돌	아	가	라	며
친	구	들	과		뛰	어	간	다	…

아빠의 짝사랑

초등학교 입학부터 줄곧
아파트 단지 내에 있는 학교에
비가 오나 눈이 오나
보디가드를 자처하며 등교시켜 주었다.
불안한 사회에 대한 반사적 행동도 있었지만
오롯이 아이와 내가 잠시라도 손을 잡고
오붓하게 걸을 수 있는 모닝 타임이었다.

이런 아빠의 마음을 아는지 모르는지
우리 딸…
친구들과 같이 가는 게 더 좋다 한다.
진정 짝사랑인가 ㅠㅠ

	항	상		아	이	들	에	게	
둘		중		하	나	를		선	택
하	게		했	다	.		어	느	날
큰	아	이	가		묻	는	다	.	'
왜		꼭		둘		중		하	나
여	야		해	요	?	다	른		것
도		많	은	데	?	왜	?	왜	?

2지 선다형 교육의 문제점

궁금증이 많아지고
따질 것도 많아지고
정한 규칙에 의문이 많아지고
아빠 말에 토 달기 시작하고

딸에게 사춘기가 일찍 올 것만 같은
느낌적인 느낌??!!!

2015년 2월 21일 토요일

	아	이	들	과		식	당	에	
가	면		뛰	어	다	니	지		못
하	게	…	떠	들	지		않	게	
하	려		스	마	트	폰	을		쥐
여	주	었	다	.		이	젠		식	당
에		가	면		으	레		아	빠
폰	을		찾	는	다	.			

부모라서, 반성합니다

식당에서 뛰어다니는
다른 집 아이들을 보고 있노라면
아이 교육을 대체 어떻게 시키는 거야!
하는 강렬한 눈빛으로
그 아이들의 부모를 쳐다보곤 한다.

그만큼, 아이들이 식당에서 시끄럽게 하거나
돌아다니는 것을 너무나 싫어하는 나로서는
나름 궁여지책으로 아이들에게
휴대폰으로 동화를 틀어준다.
너무나 교육이 잘 되었던 것일까?
이젠, 너무나 자연스럽게도
식당 의자에만 앉으면 엄마 아빠 휴대폰을 먼저 찾는다.

과연 나는 올바른 교육자일까?

	세		여	자	가		나	를	
몰	아	붙	인	다	.	강	아	지	를
키	우	고		싶	다	며		단	결
한	다	.	어	릴		적		개	에
물	린		적		있	어	서		나
는		개	가		정	말		싫	다
고	!!								

편 가르기 혹은 권력 다툼?

3:1의 기 싸움에서 점점 수세에 몰리고 있다.
한 해 두 해가 지나면
내가 질 것 같다.
어떻게든 버텨야 하는데
뾰족한 방도가 생각이 나질 않는다ㅠㅠ
난 개가 싫어
아니 무섭다구!!!!

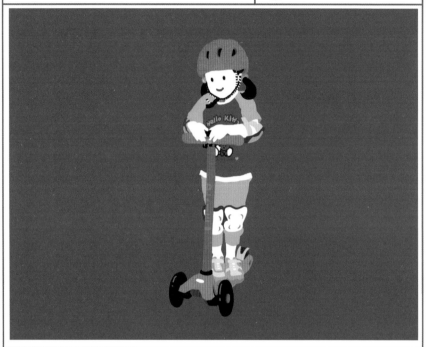

	장	장		ㅣ	년		동	안	
눈	여	겨	보	던		퀵	보	드	를
둘	째		어	린	이	날		선	물
로		사	주	었	다	.	이	렇	게
좋	아	라		하	는		걸		보
니		맘	이		좀		짠	했	다
진	작		사	줄	걸	...			

둘째라는 운명

언니가 입던 옷
언니가 신던 신발
언니가 타던 유모차
언니가 가지고 놀던 장난감

…

둘째에게
처음으로 사준 선물
오직 둘째만을 위한

2015년 5월 25일 월요일 									

	주	말		동	안		잘		놀
던		둘	째	가		유	치	원	
가	기		싫	다	고		이	유	
없	이		떼	를		쓴	다	.	어
르	고		달	래		버	스	에	
태	웠	다	.	설	마	⋯	월	요	병
인		건	가	?					

월요병

어른에게만 월요병이 있는 줄 알았더니
아이들에게도 월요병이 있는 것 같다.

요즘 들어 부쩍 월요일만 되면
유치원에 안 간다고 떼를 쓰는데
엄마 아빠랑 같이 있는 시간이 좋아서일까?
아니면…
한 반에 25명이 넘는 아이들이 있는
유치원을 다니는 비애인지
터덜터덜 걸어가는 아이의 뒷모습이 애잔하다.

	둘	째		아	이	가		다	리
도		아	프	고		배	도		아
프	고		속	도		안		좋	고
콧	물	도		나	오	고		귀	도
아	프	고		급	기	야		다	리
가		간	지	러	워		유	치	원
못		가	겠	단	다	.			

핑계

다리가 간지러워서
유치원에 못 가겠다니
내 딸~ 유머 감각도 원 ㅠㅠ

2015년 6월 13일 토요일

	연	애	할		땐		여	자	친
구	를		화	장	실		앞	에	서
기	다	렸	는	데	⋯	이	젠		딸
내	미	들	을			기	다	린	다 .
딸	내	미	들	이		맡	겨	놓	은
물	건	들	을		들	고	⋯		

누군가를 기다리는 일

극장이나 쇼핑센터 화장실에서
남자들이 여자 화장실 앞에서
여자친구의 가방을 들고 서 있는 걸 보면
참 진풍경이다 싶었다.
시간이 지난 지금은
가방? 아이고 말도 마세요.
아이들이 먹다 남은 과자 봉지며,
소지품들, 가방에 씽씽이까지…
죄다 끌어안고 여자 화장실 앞에 서 있는

나는야 아자씨~~~

	월	요	일	날		큰	아	이	
수	학	시	험	이	라		같	이	
문	제	집	을		풀	어	보	았	다
몇		번	을		설	명	해	줘	도
그	때	뿐		계	속		틀	렸	다
너	무	너	무		화	가		났	다
😭	😭								

용가리

처음에는 정말 자상한 미소를 지으며
차근차근 알려주었다.
똑같은 얘길 몇 번 반복하면서
점차 목청이 높아지며
소프라노 하이톤을 내지르고 있는
나를 발견했다.

참을 인
참을 인
참을 인을 외치지만
용가리가 되어버린 나 ㅠㅠ

세상의 모든 선생님들을 존경합니다!!

	큰	애	가		숙	제	를		안
해		혼	을		내	고		있	는
데		둘	째	가		다	가	와	
안	기	며		애	교	를		부	린
다	.	둘	째	는		애	교	를	
배		속	에	서		배	우	고	
나	오	는		것		같	다	.	

숙명

첫째의 숙명 : 혼나고, 또 혼나고
둘째의 숙명 : 애교 부리고, 또 애교 부리고

아이들과 주말농장에 갔다. 고추잠자리들이 보이기 시작했다. 짝짓기 하는 잠자리를 보며 큰아이가 묻는다. '엄마, 아빠도 짝짓기 했어?'

짝짓기 : 성 교육이 필요한 시간

성교육이 필요한 시기가 드디어 왔다.
둘째는 둘이 함께 날아다니는 잠자리를 보며
저 잠자리들 서로 손잡고 어디 가는 거야? 이러고
초2 큰아이는
응! 저거 짝짓기 하는 거야
그러더니 곧바로 이어서 당황스러운 질문을 한다.

엄마 아빠도 짝짓기 해봤어?

와이프와 마주 보며 둘이 일순간 빵~ 터졌는데
둘이 아무 말 못하고
급히 다른 화제로 말을 돌릴 뿐
그래!!! 결심했어!!!
성교육이 필요하지!!!
근데… 누가 어떻게 하지?

	큰	애		때		쓰	던		디
딤	대	를		이	제		둘	째	가
쓰	고		있	다	.	첨	엔		까
치	발	을		하	더	니		어	느
순	간		편	하	게		서		있
다	.	이	제		곧		임	무	를
다		하	겠	구	나	…			

우리들만의 잊지 못할 그때가 있다

이 디딤대에 아이들을 앉혀 머리 감기던 그때
이 디딤대에 올라 까치발을 하고는
어떻게든 거울 한번 보겠다고 애쓰던 그때
서로 이 디딤대 쓴다고 큰애, 작은애
서로 티격태격하던 그때
아이가 화장실 가면서 무섭다며 같이 있어달라 할 때
이 디딤대에 앉아 이야기 들어주던 그때

사소한 물건에 지나지 않지만
참 소중한 추억들이 묻어 있는
소중한 물건들이 있다.

2015년 9월 19일 토요일

	둘	째	가		달	의		요	정
이		보	고		싶	다	길	래	
달	의		요	정		세	일	러	문
을		보	여	줬	더	니	,	'	이
거		아	니	야	!	'	그	러	면
서		대	성	통	곡	을		한	다 .
너	무	도		서	럽	게	ㅠ	ㅠ	

세대 차이

다섯 살 둘째가 쪼르르 달려와 이야기한다.
아빠~ 달의 요정 보고 싶어~
어찌나 귀엽게 이야기하던지
냉큼 컴퓨터를 켜고
달의 요정 세일러 문을 찾아 보여줬다.
그…런…데…
갑자기 딸아이가 펑펑 운다.
'아빤 달의 요정도 몰라!' 하면서

당황해 하는 내게 큰딸이 다가와 귓속말한다.
아빠, 달의 요정 문 얘기 하는거야
헉!
이런 게 세… 대… 차… 이…

P.S. 아빠 때 달의 요정은 세일러문이었어ㅜㅜ

2015 년 9 월 22 일 화 요일

	큰	아	이	가		처	음	으	로
거	짓	말	을		했	다	.	학	원
숙	제	를		안		하	고	선	
했	다	고		거	짓	말	한		것
이	다	.	혼	날	까		봐		한
거	니	?	학	원		다	니	기	
싫	은		거	니	ㅠ	ㅠ			

피노키오

아님
엄마 아빠에게 관심 받으려고 그런 거니ㅠㅠ
엄마 아빠가 더 잘 할게
우리 딸 미안하고… 사랑해…

2014년 7월 20일 일요일

요새 둘째 아이 생떼가 늘었다. 손톱이 길어도… 배가 고파도… 약이 써도… 엄마 탓이라며 생떼를 부린다. 미운 4살… 시작인 게냐?

아이들과 닭갈비를 먹으러 갔다. 아이들이 어렸을 땐 맵고 짤까봐 다 씻어줬는데 이젠 씻지 않아도 맛있게 잘 먹을 정도로 컸다!

| 2015년 | 10월 | 17일 | 토요일 |

	외	출	하	려		준	비	하	는	
데		큰	애	가		엄	마	에	게	
부	탁	한	다	.	'	엄	마	~	언	니
낳	아	주	면		안		돼	?	'	음	..
동	생	하	고	나		좀		잘		
놀	아	주	면		안		되	겠	니	?

아이의 청탁(?)

둘째 딸은 동생 낳아달라 떼를 쓰고
첫째 딸은 언니 낳아달라 떼를 쓰네
도대체 언니를 어떻게 낳아 달라는 건지
애들의 상상력이란… 쿨럭

	주	승		내	내		다	리	가
아	파		학	원	에		못		가
겠	다	던		큰	아	이	가		점
핑	파	크	에		가	니		미	친
듯	이		뛰	어	다	닌	다	.	
딸	~	다	리		아	파		못	
걷	겠	다	며	···					

꾀병

아이가 다리가 아프다며
내 앞에서 며칠째 절룩거렸다.
꾀병이려니 싶었는데
며칠 내내 그러니 정말 걱정이 밀려왔다.

성장통으로 아픈 건가?
뼈에 금이 갔나?
근육에 문제라도?

그렇게 다리 아프다던 딸내미
둘째 놀라고 간 점핑 파크에서
가벼운 한 마리 새가 되어
훨훨~ 날아다닌다.
연기력 짱!!!
우리 딸…
바로 배우로 데뷔시켜야겠다!!!

년 월 일 요일	☀ ⛅ 🌧 ☂ ☃

가족들에게 미안했던 순간을 그려 보세요

년	월	일	요일	☀ ⛅ 🌧 ☂ ⛄

가족들에게 미안했던 순간을 그려 보세요

아빠는 육아 중 **04**

아이들과 잘 노는 방법

| 2015년 7월 11일 토요일 |  |

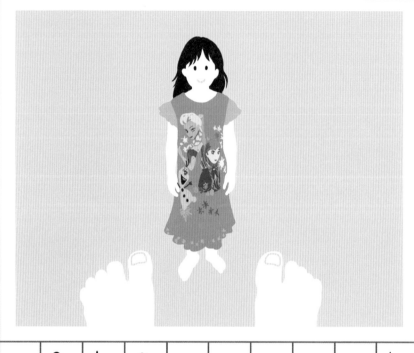

오	늘	은		아	이	와		놀
이	터	에	서		놀	았	다	.	
땀	을		뻘	뻘		흘	리	며
놀	다		집	에		와	서		잠
시		쉬	는	데		아	이	가
다	가	온	다	.		아	빠	,	놀	아
줘	~							

아이들은 에너자이저

도대체 저 작은 몸에
무슨 에너지가 저리 가득할까
아무리 놀아줘도 끝이 없다.
실컷 놀고 들어와도 5분이 안 지나서
아빠!! 심심해~~ 놀아줘~~

오늘도 나의 KO패

그래서 선배들이 한 살이라도 어릴 때
아이를 가지라, 한 거구나

2011 년	6 월	1 일	금 요일	☀ 🌥 🌧 ☂ 🐧

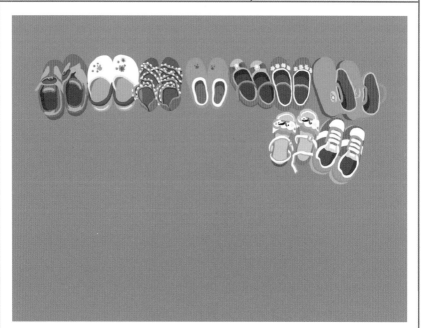

	퇴	근	하	고		집	에		갔
더	니		현	관		앞	에		큰
아	이		신	발	들	이		가	지
런	히		정	리	되	어		있	었
다	.	유	치	원	에	서		정	리
정	돈	하	는		걸		배	웠	다
고		한	다	.					

	집	에		갔	더	니		큰	아
이	의		손	에		밴	드	가	
잔	뜩		붙	어		있	다	.	놀
라	서		살	펴	보	니		다	친
게		아	니	라		예	뻐	서	
붙	였	단	다	.		아	~	깜	짝	이
야	...								

2011 년 7 월 10 일 일요일	

	놀	이	동	산	에		가	기	로
했	다	.	그	런	데	,	발	레	복
을		입	고		나	왔	다	.	
어	르	고		달	래	고		화	도
내	보	지	만	…	결	국		발	레
북	을		입	고		갔	다	.	

누구나 그맘 때의 취향이 있다

발레 복을 입고
놀이동산에 갈 정도로
발레를 좋아하는 줄 알았다.
그러나 그것은
나만의 착각
그냥
발레복이 핑크여서였다.
나풀거리는
핑크

	집	에		오	니		거	실	에
안		쓴		티	슈	가		가	득
하	다	.	티	슈		한		통	을
다		뽑	은		것	같	다	.	큰
아	이	는		이	미		자	고	
있	다	.	범	인	은		항	상	
가	까	운		곳	에		있	다	.

	아	이	와		놀	이	동	산	에
갔	다	.	안	고		줄	서		있
는	데		아	이	가		말	없	이
내		옷	에		쉬	를		했	다
화	장	실	에	서		내		옷	을
빨	았	다	.		기	저	귀		옌
거		아	니	었	니	?			

2012년 9월 28일 금요일

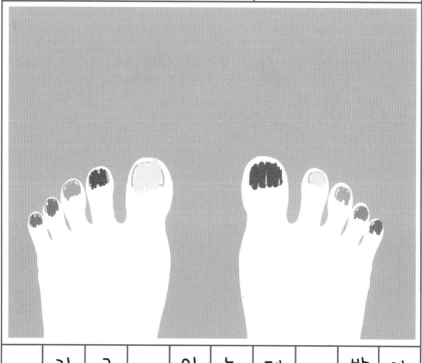

	자	고		있	는	데		발	가
락	이		간	지	러	워		눈	을
뜨	니		큰	아	이	가		내	
발	가	락	에		엄	마		매	니
큐	어	를		잔	뜩		칠	해	놓
고	'	예	쁘	지	'	하	며		환
하	게		웃	는	다	.			

	어	릴		때	부	터			엄	마
신	발		신	고		놀	기		좋
아	하	던		큰	아	이	가		또
엄	마		신	발		신	고		놀
고	있	다	.	오	!	맙	소	사	!
엄	마		신	발	이		얼	추	
맞	는	다	!	언	제		컸	니	!

	어	렸	을		적		세	뱃	돈
을		엄	마	에	게		맡	겼	다
떼	인		기	억	으	로		우	리
아	이	들	은		통	장	을		만
들	어	주	었	다	.	입	금	해	주
려	보	니	…	내	가		다		쓰
고		없	었	다	.				

세뱃돈

아무리 생각해봐도
세뱃돈은
떼어야 맛인 듯! ㅎ

2014 년 3 월 12 일 수요일	

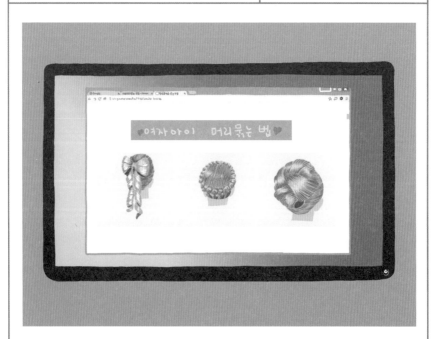

	둘	째	가		어	린	이	집	에
다	니	기		시	작	했	다	.	
내		인	터	넷		즐	겨	찾	기
에		아	이	들		머	리		묶
는		방	법	을		알	려	주	는
블	로	그	가		새	로		추	가
되	었	다	.						

아빠의 즐겨찾기

강남의 헤어 원장님들 뺨치는
두 딸들의 헤어 디자이너(?)가 되었다.

땋은 머리
포니테일
업스타일
엘사스타일
안나스타일

아이들이 요구하는 헤어스타일을
최대한 존중하며
큰애 학교 등교 전
둘째 유치원 등원 전
머리를 도맡아 한다.

여보, 한 명씩 나눠서 하면 안 될까?

	출	근	하	려	는	데		차	
키	가		안		보	인	다	.	아
무	리		찾	아	도		보	이	지
않	는	다	.	혹	시	나		하	고
큰	애	에	게		물	어	보	니	
자	기		보	물	상	자		뚜	껑
을		연	다	.					

아이의 보물 상자

아이의 눈에는
장난감과 장난감 아닌 것에 대한
구분이 없는 것 같다.
아니면 아빠의 보물이라고 생각해
잘 보관하려던 걸까?

립스틱, 액세서리, 가방, 차 키, 휴대폰 등등
어디 갔을까?
찾아보면 아이의 보물창고에 장난감과 뒤섞여 있다.
숨은 그림… 아니 숨은 물건 찾기

	낮	잠	을		자	는	데		둘
째	가		자	장	가	를		불	러
준	다	.	'	신	데	렐	라	는	어
려	서	…	샤	바	샤	바	아	이	샤
바		19	76	년	…	'	나	어	릴
때	도		76	년	이	었	던	가	?
69	년	이	었	던	거		같	기	도

신데렐라

도대체 이 노래는 어디서 배워온 노래일까?
내 어릴 적 여자애들이 불렀던 예전 노래를
그리고 정말 궁금하다.
샤바샤바 아이샤바가 무슨 뜻일까
뜬금없이 마지막에 연도를 말하는 건
무슨 의도였을까?

– 뜬금없이 신데렐라 작사에 대한
　궁금증이 마구 일어나는 밤

	밖	에		산	책		나	가	려
는	데		둘	째		아	이	가	
이	상	한		모	자	를		쓰	고
나	온	다	.	어	디	서		많	이
보	던		건	데	…	뭐	지	?!	그
거		혹	시		아	빠		팬	티
아	빠		팬	티	…	아	니	니	?

2014년 3월 22일 토요일

	주	말	농	장	에			갔	다	.
상	추	씨	을		뿌	리	고			나
니		아	이	들	이		서	로		
물	을		주	겠	다	고		난	리	
다	.	여	보	…	내	년	엔			마
트	에	서		제	발		사	서		
먹	자	…	힘	들	다	…				

2015년 3월 14일 토요일	

	딸	아	이	를		태	우	고	
마	트	에		가	는	데		신	호
등	이		노	란	색	에	서		빨
간	색	이		됐	다	.		노	란	불
에		건	너	와	서			괜	찮	다
해	도		딸	아	이	가			말	한
다	.	'	아	빠		범	죄	자	야	! '

	오	늘	은		아	이	들	과	
노	래	방	에		갔	다	.		노	래
방	에		올		때	마	다		동
요	를		부	르	던		큰	아	이
가		T	X	I	M	의		위	아
래	를		부	른	다	.	깜	짝	
놀	랐	다	.						

2014년 8 월 24일 일 요일

	내	일		개	학	인		큰	아
이	의		방	학	숙	제	를		도
와	주	었	다	.	미	리	미	리	
좀		해	놓	지		그	랬	니	…
	아	이	의		숙	제	인	지	
내		숙	제	인	지		모	르	겠
다	.								

	아	이	들	과		산	책	하	다
네		잎		클	로	버	를		찾
았	다	.		큰	애	에	게		주	니
너	무		좋	아	한	다	.		둘	째
가		나	를		쳐	다	본	다	.
40	분		동	안		네		잎
클	로	버	를		찾	았	다	.

2014년 10월 2일 목요일	

	아	이	들	이		만	화	를	
보	다		잠	이		들	었	다	.
이	때	다		싶	어		리	모	컨
을		잡	으	려	는	데		마	눌
님	이		리	모	컨	을		들	고
홈	쇼	핑	을		본	다	.	나	…
야	구		좀	ㅠ	ㅠ				

리모컨 쟁탈전

우리 집 TV 리모컨의 1대 주주는 우리 아이들
2대 주주는 마눌님
ㅠㅠ 나도 보고 싶은 게 있다구!!

2014년 12월 13일 **토** 요일

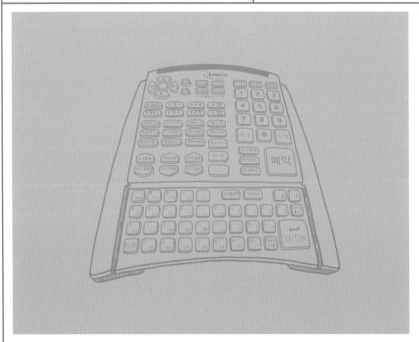

	아	이	들	은		823	69	,	곰
세)		마	리	55	66	,	악	어	떼
6이	33	,	네		잎	클	로	버	
630	73	,	아	기		다	람	쥐	또
미)	823	55	,		멋	쟁	이	토	마
토	873	27	…	에	이	핑	크	LUV	
가	몇		번	이	더	라	?		

노래방 리모컨

어느샌가
노래방을 가면
리모컨은 내 담당
아이들의 전용 18번을 담기 위해
거의 번호를 외우는 신공 발휘~
아… 요즘 신곡은 번호가 너무 길다 길어ㅠ

요떼구나 아침먹고 땡~ 점심먹고 땡~ 창문을 열어보니 비가 오네요♪

지렁이 세마리 기어갑니다~ 아이고~ 무서워라 해골바가지♪

딸	들	이		그	림			그	려
달	래	서		고	민	하	다		노
래	하	며		해	골	을		그	려
주	었	다	.	이	게		뭐	야	!
할		줄		알	았	는	데		재
밌	다	며		온	종	일		해	골
만		그	린	다	.				

추억의 놀이 탐구 : 해골 그리기

예전 아이들이 좋아하던 것이나
지금 아이들이 좋아하는 것이나
다를 바 없다.
단순하고, 재미있고, 중독성 있는 놀이는
유행을 타지 않는다!!

공기놀이, 딱지치기, 구슬치기, 고무줄놀이,
무궁화꽃이 피었습니다…

예전 놀이 탐구를 다시 해봐야겠다.
왜?
아이들에게 사랑 받고 싶으니까^^

| | 2015년 2월 27일 금요일 |  |

	큰	애	가		퀴	즈	를			맞
혀	보	란	다	.	세	상	에	서		
제	일		날	씬	한		사	람	은	?
딸	…	설	마		그	거		비	사	
이	로	막	가	?	80	년	대		유	
머	가		20	15	년	에		다	시	?

유행은 돌고 돈다

어릴 적 유행했던
난센스 퀴즈의 그 유명한 답
〈비사이로막가〉
유행은 돌고 돈다는데 정말 딱인 듯!

내 어릴 적 깔깔대며 웃었던
그때의 유머가 2015년에
내 아이의 입으로 다시 듣게 되다니
와우~!!!
불로장생 유머로세~~

2015년 3월 22일 일요일

	평	소	엔		깨	워	도		일
어	나	기		힘	들	어	하	던	
두		아	이	들	이		주	말	만
되	면		새	벽	같	이		일	어
난	다	.	그	리	고		나	에	게
다	가	오	는		게		느	껴	진
다	.								

10분만…

평일엔 그렇게 흔들어 깨워도
겨우겨우 일어나는 아이들이
주말은 어찌하여 새벽부터 나를 흔들어 깨울까
그것도 귀에 다 확성기를 댄 듯이
'아빠' 하고 소리를 지르며
얘들아… 30분만… 아니 10분만
그러나 여지없이.
오늘도 까치머리를 한 채 가스레인지 앞에 서 있다.

(소곤소곤) 얘들아~ 담부턴 엄마 깨워

2015년 4월 18일 토요일

	오	늘	은		큰	아	이		자
전	거	를		가	ㄹ	쳐	주	었	다
겁	이		많	아		땅	에	서	
발	을		못		뗀	다	.	오	후
내	내		했	는	데		발	전	이
	없	다	.		아	빠		닮	은
거	니	?							

딸아,
넘어지는 것을
두려워하지 마라

한 발, 이어서 나머지 한 발을 올리고
쓰러지지 않도록 계속 페달을 밟으면…
처음엔 쓰러질 듯 휘청거리지만
이내 안정감을 갖고
편안하게 자전거를 탈 수 있단다.
…란 말은 참 이론적이다.
쉽지 않다.

우리 인생과 닮아 있는… 자전거 타기
(운동 신경만큼은… 엄마를 닮기 바랐건만…ㅠㅠ)

	2015년	5월	23일	토요일	☀ ⛅ 🌧 ☂ ⛄

마	트	에		장	보	러		갔
다	.	큰	아	이	가		장	난	감
코	너	에	서		제	자	리	에	
10	분		넘	게		서	서		무
언	가	를		간	절	히		바	라
보	고		있	다	.	맘		약	해
지	면		안		되	는	데	···

다. 큰아이가 장난감 코너에서 제자리에 10분 넘게 서서 무언가를 간절히 바라보고 있다. 맘 약해지면 안 되는데…

아빠의 흔한 다짐

돌아오는 차 안에서
또다시 다짐한다.
담 번엔 약해지지 않으리라고
결단코 약해지지 않으리!!

2015년 7월 19일 일요일

아	빠	!	어	디	가	?	를	
보	면		캠	핑		다	녀	야
좋	은		아	빠	인		거	같
고	,	집	밥		백	선	생	을
보	면		요	리	하	는		아	빠
가		좋	은		아	빠	가		된
다	.	흠	…	…				

요리하는 남자

흠… 나는 뭘 잘하지??
그래!!!
난…
라면 박사였지??!!!!!

	큰	아	이	가		자	기		생
일	날		아	이	엠	스	타		카
드	를		사	달	라	고		한	다
얼	마		전	까	지		요	괴	워
치	에		빠	져		있	었	는	데
하	나	로		쭉	~	갔	으	면	…

변천사

캐릭터의 변천사만 봐도
아이들이 커가는 걸 알 수 있다.

	큰	애	가		친	구	들	과	
키	자	니	아	에		다	녀	왔	다 .
가	구		만	드	는		체	험	을
하	고		와	선		가	구		만
드	는		사	람	이		되	겠	단
다	.	매	일	매	일		바	뀌	는
꿈	!								

아빠는 꿈이 뭐야?

일 년 전엔 피아니스트
한 달 전엔 디자이너
지난주엔 게임 개발자
금요일엔 가구디자이너

내일은 또 어떤 꿈일까?
꿈이 많아 참 행복할 내 딸!
꿈이 꼭 하나일 필요가 있을까?
많은 꿈을 꾸고 많은 일들을 해보렴
그렇게 늘 이야기했더니,
딸아이가 잠자리에 누워 나에게 물어본다.

아빠는 꿈이 뭐야?

아빠의 꿈?……

2015년 10월 7일 수요일	

	아	이	들	이		좋	아	하	는
초	콜	릿		사	러		편	의	점
을		돌	아	다	녔	다	.	여	아
용	은		구	하	기		힘	들	다
아	이	들		웃	는		얼	굴	을
생	각	하	며		5	군	데	를	
돌	았	다	.						

킬리만자로의 표범

남자아이들에겐 요즘 OO 메카드가 대세라는데
우리 집 공주들에겐 요즘 OO조이가 대세다.
그래도 하나에 몇만 원을 넘는
장난감이 아닌 것에 안도하며
오늘도 난 자주 품절이 되는
그 녀석을 찾기 위해
고독한 킬리만자로의 표범이 되어
동네 편의점을 돌고 있다.

			둘	째		아	이	가		오	늘
충	치	치	료	를		받	았	다	.		
한		번	도		안		울	고			
의	사		선	생	님	한	테			칭	
찬	을		받	았	단	다	.			'	나
금	이	빨		했	다	~	'		며		
자	랑	한	다	.							

| | 2015년 10월 18일 일요일 | | | | | |

| 2015년 | 10월 | 18일 | 일요일 | ☀ 🌤 🌧 ☂ ☃ |

	키	즈	카	페	에	서		실	컷
놀	고		집	에		가	는	데	
엄	마		아	빠	가		안		놀
아		준	다	고		둘	째	가	
징	징	댄	다	.		저	기	서		논
건		혼	자		논		거	라	
빼	야		한	다	며	...	ㅠ	ㅠ	

219

년 월 일 요일	☀ ☁ 🌧 ☂ ⛄

아이들과 즐거웠던 순간을 그려 보세요

년 월 일 요일	☀ ☁ 🌧 ☂ ☃

아이들과 즐거웠던 순간을 그려 보세요

아빠는 육아 중 **05**

아빠는 슈퍼맨이
아니란다

	오	늘		촬	영	은		갓	난
아	이		4	명	이		모	델	이
다	.	조	감	독	을		시	켜	
세	트	장	을		금	연	구	역	으
로		선	포	했	다	.		스	태	프
들	이		의	아	해		했	다	.

금연 구역을 선포합니다

20년이 넘는 경력(?)을 자랑하는 헤비 스모커
하루에 1~2갑의 흡연량
긴장감, 부담감으로
회의 중에도, 촬영 중에도 줄담배
아이의 예쁨, 사랑스러움, 소중함을 잘 몰랐고
아이들에 대한 배려심도 전혀 없었던 나
그런 내가 첫아이가 태어난 직후부터 바뀌었다.

아이가 있는 촬영장 안은 절대 금연

그런 내 모습에 주변사람들이 의아해 한다.
오래 살아야지
내 몸이… 내 몸이 아닌 걸

	대	중	교	통	을		이	용	해
어	린	이	대	공	원	에		가	기
로		했	다 .		실	수	였	다 .	
계	단 …		계	단 …		유	모	차	
들	기		너	무		힘	들	었	다 .
앞	으	론		무	조	건		차	로
간	다	!							

대한민국 엄마들 파이팅

유모차를 갖고 대중교통을 탄다는 건
백만 볼트의 에너지와
인내를 요구한다.

왜 이리 계단은 많은 건지
왜 이리 요철은 많은 건지
왜 이리 언덕과 턱이 많은 건지…

다시는 대중교통을 이용하지 않으리 마음먹는다.
대한민국 엄마들… 파이팅!!!

	회	의		중		말	도		안
되	는		소	리	들	로		스	트
레	스	만		쌓	인	다	.	밖	에
나	간	다	.	화	장	실	에	서	
애	들		사	진	을		보	며	
맘	을		잡	는	다	.	자	!	다
시		전	쟁	터		속	으	로	~

전쟁터에서 살아가는 법

스트레스를 해소하는
나만의 방법...

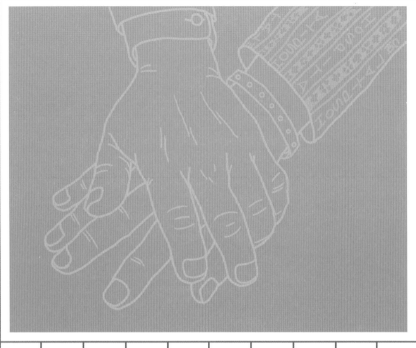

	병	원	에		부	모	님	이	
면	회	를		오	셨	다	.	아	버
지	가		나	가	시	다		말	고
쭈	뼛	거	리	다		내		손	을
잡	고		사	랑	한	다	…	아	들
아	~	라	고		말	하	신	다	.

저도요…

많이 아픈 적이 있다.
부모님이 걱정 하실까 봐
알리지 않고 수술을 받았다.
장시간의 수술이 끝나고 눈을 뜨니 부모님이 와 계셨다.
수술 들어간 사이 마눌이 전화를 드렸나 보다.
난 수술의 아픔에 말을 못하고
부모님은 마음이 아파 말을 못하신다.
오랜 시간 정적이 흐르고
병실을 나가시던 아버지가 내 손을 잡는다.

사랑한다 아들아

2013년 4월 12일 금 요일

	오	늘	은		쫑	파	티	날	~
초	밥	을		먹	는	데		세	
여	자		생	각	이		난	다	.
큰	애	가		참	치		좋	아	하
는	데	…	마	늘	이		연	어	롤
좋	아	하	는	데	…	괜	히		죄
짓	는		기	분	이	…			

미안한 마음

촬영 때문에 좋은 풍경의 장소에 가면
와~이런 곳은 우리 가족과 함께 와야 되는데
예쁜 옷을 보면
오~ 우리 공주들 입으면 너무 예쁘겠는데
맛있는 음식을 먹으면
아~우리 집 여자들과 같이 먹으면 더 맛있겠는데

이렇게 점점 아빠가 되어 간다.

	오	랜	만	에		친	구	들	을
만	났	다	.	20	대		땐		여
자		이	야	기	···	30	대		땐
아	이	들		이	야	기	···	지	금
은		누	가		더		얼	마	나
어	디	가		아	픈	지		이	야
기	한	다	.						

아빠의 술자리 안주

어느덧
아픈 곳을 서로 다투어 자랑하는 나이가 되었다.
이렇게 나이가 들어가는 거겠지?
친구들아! 오래오래 건강하자 우리!

2013년 4월 21일 일요일

	놀	이	터	에	서		다	른	
동		아	줌	마	가		둘	째	
아	이	에	게		묻	는	다	.		그
물	음	에		아	이		대	신	
내	가		대	답	한	다	.		아	이
의		말	투	로		'	세		쌀
이	에	요	~	'		ㅠ	ㅠ		

복화술

말해 놓고 얼굴이 화끈거린다.
세 살도 아니고 세~짤이라니~
아 이건 아닌데…

나의 다짐은 그리 오래가지 않는다.
어느새 안녕하떼요~ 하고 인사하는 나
이런… 점점 변사가 되어간다.
누가 볼까 무섭다.

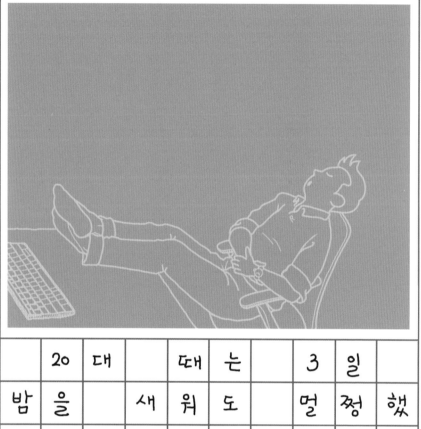

	20	대		때	는		3	일	
밤	을		새	워	도		멀	쩡	했
눈	데	…	30	대		때	는		이
틀		밤	을		새	워	도		괜
찮	았	는	데	…	지	금	은		하
룻	밤	만		새	워	도		다	음
날		좀	비	가		된	다	ㅠ	ㅠ

2013년 8월 22일 목 요일

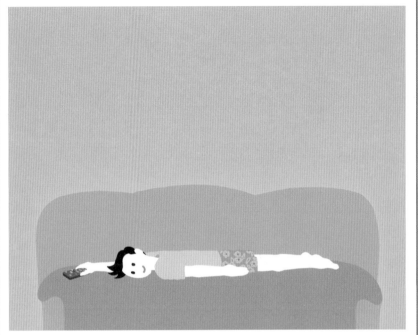

		팬	티		입	고		소	파	에
누	워		TV		보	기	…	라	면
먹	고	…	그	대	로		누	워	
야	구		보	기	…	짜	장	면	
시	켜	먹	기	…	다	시		영	화
보	기	…	야	식		먹	기	…	TV
보	다		소	파	에	서		자	기

.

2013년 11월 22일 금요일

	오	후	에		전	화	가		왔
다	.	월	요	일		10	시		광
고	주		보	고	라	고	…	항	상
금	요	일	에		연	락	해	서	
월	요	일		오	전	에		보	자
하	지	…	주	말	에		일	하	라
는		소	리	…					

갑과 을의 주말

그래
나는 갑을병정의 정이니까
나에게는 주말 따윈 사치겠지
라고…
위안을 삼으려 해도
반복되는 배려 없음과
변화가 없는 열정페이에
허탈과 상심이 깊어진다.

2014년 2월 21일 금요일

	ㅣ	년		만	에		고	등	학
교		친	구	들	을		만	났	다.
잘		사	냐	?	어	떻	게		사
냐	?	그	런		형	식	적		인
사		따	원		없	다.		밥	
먹	자	~	술		먹	자	~	오	랜
만	에		편	안	한		자	리.	

반갑다 친구야!

격식도 필요 없고
눈치 볼 필요 없고
대화가 중간에 끊겨도
어색하지 않고
형식적인 웃음을 짓지 않아도 되는
마치 어제 만난 듯
또 내일 만날 듯
그저 그렇게 편안한 친구들
그렇게 그때로 돌아간다.

반갑다 친구야!

| 2014년 4월 19일 토요일 |  |

	아	이	들	과		주	말		동
안		놀	아	주	다		보	면	
가	끔		아	무	것	도		안	
하	고		싶	고		빨	리		출
근	하	고		싶	단		생	각	이
들		때	가		있	다	.	월	요
병		따	윈		훗	~			

아빠의 월요병

아주 가끔
진짜 가끔
회사가 제일 편할 때가 있다.

아주 가끔
진짜 가끔
월요병 따윈 나에겐 없다.

	오	랜	만	에		본	가	에	
갔	다	.	큰	애	가		팥	빙	수
가		먹	고		싶	다	고		해
서		빙	수	를		먹	으	러	
갔	다	.	엄	마	가		팥	빙	수
를		너	무		잘		드	신	다
우	리		엄	마	가		팥	빙	수
를		좋	아	하	셨	던	가	?	

팥빙수

딸들이 좋아하는 거
닭갈비, 망고아이스크림, 라면, 스파게티, 슈크림빵, 치킨,
피자, 닭칼국수, 김치, 감자탕, 카레, 일본라면, 초밥,
초코케이크, 치즈스틱 김밥, 토스트, 빵, 떡, 알로에주스,
애플주스, 포도주스, 망고, 수박, 멜론, 바나나, 떡볶이,
회 국수, 오무라이스, 쫄면, 짜장면, 짬뽕, 김치볶음밥,
삼각김밥, 오뎅, 새우튀김, 프렌치프라이, 평양냉면,
비빔국수, 김치찌개, 된장찌개, 만두, 연시, 오렌지,
바지락칼국수, 조개구이, 매운탕, 쌈장, 고기국수, 마카롱,
시금치, 멸치볶음, 오징어젓갈, 족발, 망고빙수, 미역국,
전복, 참치, 콘수프, 옥수수딸기, 찜닭, 우동, 삼겹살, 등심,
비빔냉면, 모밀국수, 팝콘, 버터오징어……

나의 어머니가 좋아하시는 거
팥빙수?
나의 아버지가 좋아하시는 거?
……

| | 2014년 5월 28일 수요일 |  |

	집	에	서		택	배	상	자	를
발	견	했	다.	내	심		아	내
가		내		건	강	을		신	경
쓰	고		있	었	구	나	…	아	내
가		보	더	니		손	대	지
말	란	다.		둘		다		아	이
들		거	라	고	…			

보약 따윈…

내 건강은
내가 챙긴다ㅠㅠ

	나	이	를		먹	으	며		늘
어	나	는		건		흰	머	리	만
이		아	닌		것		같	다	.
드	라	마	를		보	다	…	영	화
를		보	다	…	다	큐	멘	터	리
를		보	다	…	눈	물		흘	리
는		날	이		많	아	졌	다	.

여성 호르몬 증가

상남자라 자부하던 나에게
드디어
여성호르몬이 흩뿌려졌다.
어머나ㅠ

	광	고	주		회	의	에		갔
다	.	말	도		안		되	는	
얘	기	들	…	처	음		말	들	과
다	른		이	야	기	들	…	까	라
면		까	라	고	?		흠	,	나
한	테		왜	그	래	요	?	아	…
맞	다	!	난		정	이	었	지	…

갑을병⋯정

난 파트너라 생각했는데
그들은 아니었나 보다.

2014년 10월 21일 화요일

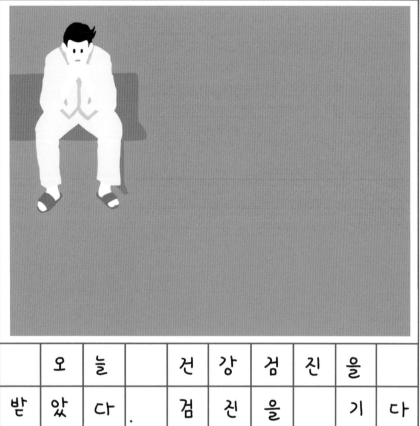

	오	늘			건	강	검	진	을	
받	았	다	.		검	진	을		기	다
리	는		동	안		온	갖			상
상	을		하	게		된	다	.		결
과	가		안		좋	게			나	오
면		어	쩌	지	…		혹		큰	
병	이	라	도	…						

건강 검진

건강 검진 받을 때마다 생각나는 그것
…보험!
불치병에 걸리는 상상까지 하게 되고
급기야 보험을 세게 들어놨어야 했는데…
한숨 쉬며 건강 검진을 마친다.

보름 뒤 결과가 집으로 날아왔다.
비만, 중성지방, 콜레스테롤… 쿨럭
보험이 아니라, 살을 빼야 할 듯
내 몸은 소중하니까요.

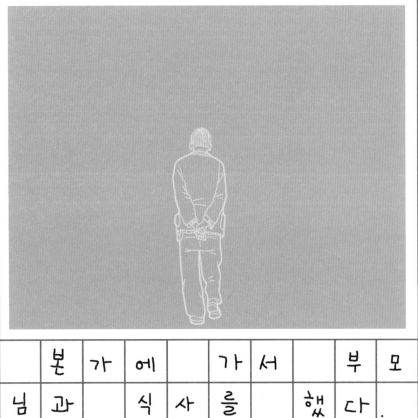

	본	가	에		가	서		부	모
님	과		식	사	를		했	다	.
내	려	다	본		아	버	지	의	
어	깨	가		작	고		왜	소	해
보	였	다	.	산	처	럼		높	고
단	단	해		보	였	던		그	
어	깨	가	...						

아버지의 어깨

대학 시절
신해철 님의 곡 '아버지와 나 Part-1'을 들었을 때
가슴 뭉클한 그 무언가를 느꼈었다.
불혹을 넘어
다시 그의 곡을 들으니
가슴 뭉클함을 넘어, 눈물이 멈추질 않는다.

한없이 넓고, 한없이 커 보였던 아버지가
백발성성한 머리와 주름진 얼굴
한없이 작아진 아버지를 보며
뭔가 이야기를 나누고 싶었지만
난 이내
오늘도 퉁명스러운 장남으로 다시 되돌아갔다.

아버지, 머리가 그게 뭐예요. 염색 좀 하세요ㅠ

| 2014년 | 12월 | 19일 | 금요일 |  |

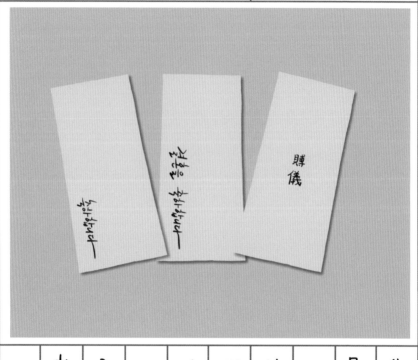

	친	구		아	버	님		문	상
을		다	녀	왔	다	.	20	대	
땐		결	혼		축	의	금		봉
투	…	30	대		땐		돌	잔	치
봉	투	가		많	았	는	데		지
금	은		조	의	금		봉	투	을
많	이		준	비	한	다	ㅠㅠ		

봉투에 담기는 세월

하얀 봉투에 담긴 의미가 참 다양도 하다.

2014년 12월 28일 일요일

	소	파	에		누	워		있	는
데		큰	아	이	가		오	더	니
흰	머	리		뽑	아	줄		테	니
하	나	에		백	원	이	란	다	.
내	가		할	머	니	에	게		10
원		받	고		뽑	아	줬	었	는
데	…	어	느	새	…				

흰머리

어느새 내가 새치를 아이에게 맡기고 있네
나의 엄마, 할머니가 그랬듯이
이 다음
아이가 내 나이가 되어
자녀에게 새치를 맡겨놓은 때가 오면…
그때 지금의 나와 같은 기분을 느끼겠지?

(그나저나 물가상승률을 아무리 생각해 봐도
 한 가닥에 100원은 너무 심해 우리 딸~~~)

	아	이	들	과		놀	이	동	산
에		갔	다	.	자	유	이	용	권
사	려	고		간		매	표	소	에
서		내	가		갖	고		있	는
카	드	를		전	부		꺼	냈	다
자	유	이	용	권		할	인	을	
받	기		위	해	…				

할인 받는 남자

결혼 전엔
지인들이 포인트 챙기고, 할인혜택 챙기는 걸 보면
참 찌질하다, 생각했다.
결혼 후엔
웬걸
갖고 있는 카드란 카드는 다 꺼내 할인혜택을 확인하고
거기다 비교 분석까지 하게 된다.
창피? 찌질함?
그런 거 따윈 없다.

왜?
난 남자사람이 아닌
유부남이니까!!

2015년 2월 5일 목요일

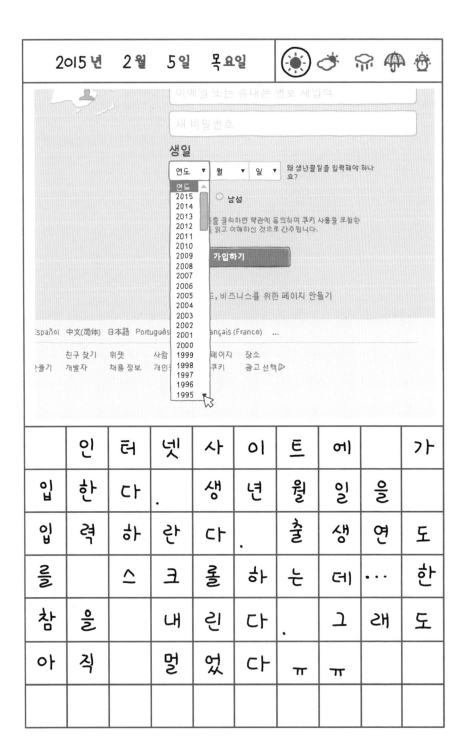

	인	터	넷	사	이	트	에		가
입	한	다	.	생	년	월	일	을	
입	력	하	란	다	.	출	생	연	도
를		스	크	롤	하	는	데	…	한
참	을		내	린	다	.		그	래	도
아	직		멀	었	다	ㅠ	ㅠ	

소주 한 잔 땡기는 날

또 하루 멀어져 간다 ㅠㅠ

2015년 3월 27일 금요일

	아	버	지	에	게		전	화	가
왔	지	만		회	의		중	이	어
서		전	화	를		받	지		못
했	다	.	평	일		오	전	에	
부	모	님		전	화	가		오	면
받	기	가		두	렵	다	.	혹	시
무	슨		일	이	?				

가슴 철렁한 전화

평일에
그것도 아침이나 낮에
부모님께 연락이 오면
가슴이 철렁 내려앉는다.
그런 걱정을 하게 되는
그런 나이가 되었다.

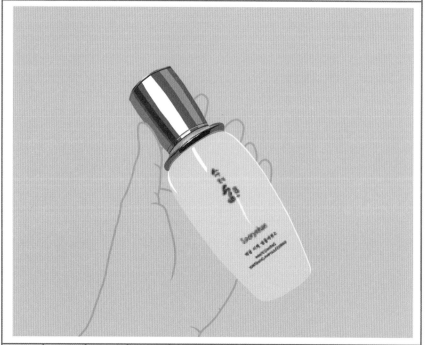

퇴근하고 본가에 갔다. 며느리가 몇 년 전에 사드린 화장품… 너무 아껴쓰다보니 유통기한이 지나 있다. 좀! 팍팍~ 쓰시라고요ㅠㅠ

선물의 유통 기한

어머니 화장대 앞에서 한참을 서서
뭔가를 보고 있는 마눌
표정이 좋지 못하다.
곧이어 나를 부른다.
며느리가 선물한 화장품을 몇 년간 잘 쓰지 않으신다고
취향에 맞지 않은 걸 선물한 건 아닌지 걱정하는 마눌

어머니에게 왜 화장품 안 쓰시냐 물었더니

사랑하는 며느리가 선물해준 화장품
아끼면서 조금씩 조금씩
쓰고 있다 하시네

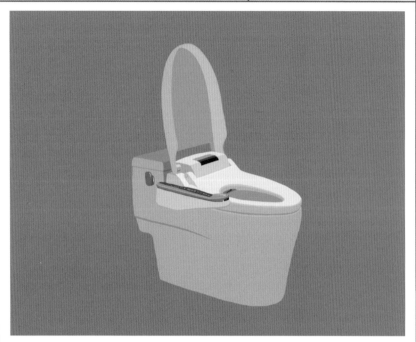

	세		여	자	와		같	이	
살	면	서		어	느		순	간	
앉	아	서		볼	일	을		보	게
되	었	다	.	처	음	엔		어	색
하	고		뭔	가		아	쉬	웠	는
데		밖	에	서	도		앉	아	서
볼	일		본	다	.				

습관의 힘은 무섭다!

본능의 힘을 이긴다!

2015년 6월 4일 목 요일	

	선	배		감	독	님	을			만
나		이	런	저	런		얘	기		
중		젓	은		낙	엽		이	야	
기	가		나	왔	다	.		왠	지	
나	도		아	내		종	아	리	에	
찰	싹		달	라	붙	을		것		
갈	은		느	낌	이		든	다	.	

젖은 낙엽

선배들과 이야기를 나누던 중
이런 이야기를 듣게 되었다.
남자는 나이를 점점 먹으면서
와이프에게 점점 의지를 하게 된다.
마치 빗물에 푹 젖은 낙엽처럼

네? 물에 젖은 낙엽이오??

응, 젖은 낙엽, 아무리 발로 흔들어 떨어뜨리려고 해도
잘 안 떨어지는 젖은 낙엽
그런 존재지…

나도 나이를 좀 더 먹으면
젖은 낙엽이 되어 와이프 종아리에 찰싹 달라붙겠지.
아마도

2015년 7월 25일 토요일

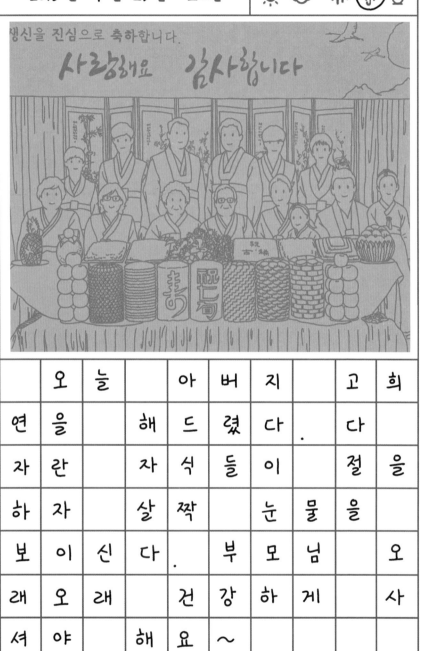

생신을 진심으로 축하합니다.

사랑해요   감사합니다

	오	늘		아	버	지		고	희
연	을		해	드	렸	다	.	다	
자	란		자	식	들	이		절	을
하	자		살	짝		눈	물	을	
보	이	신	다	.	부	모	님		오
래	오	래		건	강	하	게		사
셔	야		해	요	~				

사랑합니다…

	오	늘	은		내		생	일	이
다	.	근	데		아	내	가		기
억	을		못	한	다	.	처	음	엔
장	난	하	는		줄		알	았	는
데	…	진	짜		잇	은		거	였
다	.	이	번	이		두		번	째
다	ㅠ	ㅠ							

아빠의 생일 기억하나요?

결혼 전 8년이나 사귄 남자친구의 생일을 잊었다.
그녀가 유난히 바쁜 시기에
결혼 후 7년이나 함께 사는 남편의 생일을 잊었다.
아이들의 생일은 다 기억하면서

내 생일을 기억하지 못하는 마눌님 앞에
내가 직접 사온 조각 케이크에
혼자 불을 켜고 청승맞게 앉아 있으니
울 마눌님 갑자기 아이들과 동작 그만 상태

미안하다는 말과 함께
앞으로 양력생일 하자며
그럼 안 까먹고 잘 챙겨줄 거라며, 컥ㅠㅠ
마눌!!!!
난 음력생일 고수할 거야!!!
음·력·생·일.

아	이	들	이		투	니	버	스
에	서		둘	리	를		본	다	.
옛	날	엔		둘	리	에	게		감
정	이	입	됐	는	데	,	지	금	은
고	길	동	에	게		감	정	이	입
이		된	다	.		둘	리		나	뿐
놈	.								

둘리 VS 고길동

오갈 데 없는 녀석 집에서 살게 해줬더니
맨날 말대답하고
사고 쳐서 이웃 사람들에게 사과하게 만들고
돈 물어주게 만들고
손님들 앞에서 깽판 치고
껌 머리에 붙여서 땜빵 만들고
이상한 동물들 집으로 다 불러들이고
아이들 위기에 처하게 만들고
아저씨가 아끼는 물건 다 부수고
마지막엔 아마 집도 다 부쉈지?

고길동 아저씨는 대인배 !
내가 나이를 먹었나 보다 ㅜㅜ

내 인생…
직진만 하고 싶은데…
자꾸 U턴 하라네…

무	겁	지		않	다	!		

년 월 일 요일	☀ ⛅ 🌧 ☂ ☃

아빠가 살아가는 이야기를 그려 보세요

년	월	일	요일	☀ ☁ 🌧 ☂ ☃

아빠가 살아가는 이야기를 그려 보세요

아빠는 육아 중 **06**

행복은 지금 여기 있다

2012년 12월 14일 금 요일

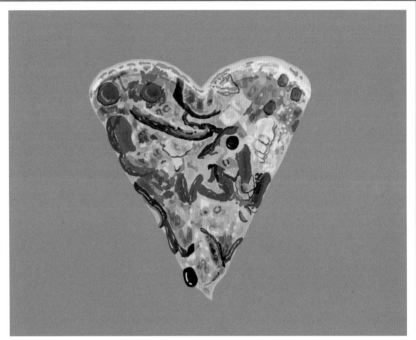

	둘	째	가		태	어	나	고	
큰	아	이	가		자	꾸		시	샘
을		한	다	.	자	기	에		대
한		사	랑	이		반	으	로	
쪼	개	졌	다		한	다	.	사	랑
은		피	자	처	럼		나	누	는
게		아	닌	데	…				

사랑은 반으로 나눌 수 있는 게 아니란다

엄마 아빠는 동생만 사랑하고 난 안 사랑하지?
엄마 아빠는 동생만 보이고 난 안 보이지?
엄마 아빠는 동생만 아프면 걱정하고
내가 아프면 걱정 안 되지?
엄마 아빠는 나 싫지?
엄마 아빠는 왜 동생 낳았어?

사랑을 듬뿍 받고 자란 큰딸
동생이 태어나고 스트레스를 받나 보다.
뭐든지 비교하고 트집이다.
결국엔 엉엉 운다.

딸~~ 사랑은 피자처럼 조각조각 나누는 게 아니란다.
사랑을 어떻게 나눌 수가 있겠니
똑같이 너무너무 사랑해~~

	딸	내	미	들	에	게		가	장
많	이		해	주	고		싶	은	
말	은		'	사	랑	해	~	'	하
지	만		현	실	은	…		'	뛰	지
마	~	좀	'		'	아	줌	마		올
라	온	다	'		'	뛰	지	말	라	고
쫌	~	!	'						

자주 해주고 싶은 말

하루에 많은 시간을
아이들과 함께할 수 없기에
가급적 함께 있을 때만큼은
사랑해~라는 말을 많이 하려고 노력합니다.

그러나
아파트에 사는 관계로
층간 소음의 굴레에서 벗어날 수 없기에
아이들이 조금만 뛰어도
조금만 쿵쿵 거리며 걸어도
예민하게 반응하며
뛰지 마!
아래층 무서운 이모 올라온다!
뛰지 말라니까!
매트 위에서만!!!
하루 중 가장 자주 하는 말이 되어 버렸네요

아빠가 울 딸내미들 사랑하는 거 알지?

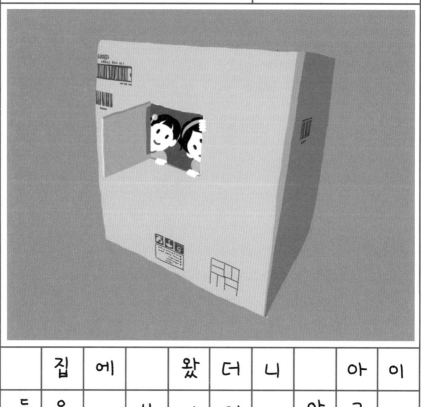

	집	에		왔	더	니		아	이
들	은		보	이	지		않	고	
대	신		커	다	란		박	스	가
놓	여		있	다	.		갑	자	기
'	까	꿍	'		하	며		박	스	에
서		아	이	들	이		웃	으	며
뛰	어	나	왔	다	.				

아이의 선물 01

아이들의 상상력은 늘 그렇듯
스티브 잡스 이상이다.
어른들이 쉽게 버리는 일반 쓰레기도
놀라운 놀잇감으로 변신한다.
오늘의 잇 아이템은 버려진 상자!
그저 그런 상자가 아이들의 손에 의해
놀라운 아지트로 변신한다.
창문도 달리고 손잡이도 달리고 심지어 자유로운 낙서까지

P.S. 딸들~ 그런데 좀 치우면서 하자? ㅠㅠ

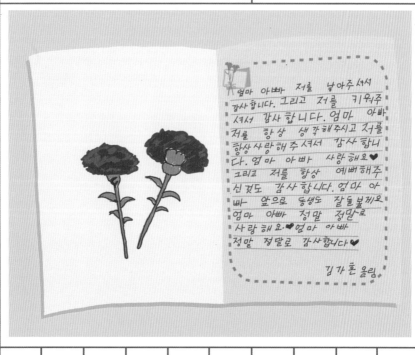

	큰	아	이	가		어	버	이	날
카	드	를		주	었	다	.	처	음
받	아	보	는		아	이	의		편
지	…	항	상		자	식	이	었	던
내	가		이	제	는		부	모	가
되	었	구	나	…	느	낀	다	ㅠ	ㅠ

어버이날 카드

우리 부모님도 그러셨겠지
편지를 보며
오늘도 난 그렇게
어.른.이 되.어.간다.

아이 교과서를 보았다. 아빠는… 화를 잘 냅니다. 딸!! 딸아~ 그건 선생님… 제가 평소엔 절대 화를 내진 않는답니다. 하하하 ㅠㅠ

속 깊은 일기장 01

우리는 졸지에
화쟁이 가족이 되었습니다.
엉엉ㅠㅠ

2014년 7월 28일 월요일

	큰	아	이	가		학	교	에	서
상	장	을		받	아	왔	다	.	아
이	가		엄	청		대	견	하	고
자	랑	스	럽	다	.	비	록		대
부	분		아	이	들	이		한	
장	씩		받	는		상	장	이	지
만	…								

상장의 의미

독서록 은장상을 받아온 날
200% 오버 리액션으로 물개박수를 치며
아이를 칭찬해주었다.
우리 딸은 너무 기쁜 나머지
밤늦도록 독서록 20개를 한꺼번에 써버렸다.
이런
칭찬이 너무 과했나

| 2014년 9월 13일 토요일 |  |

	저	녁	에		큰	애	가		자
꾸		산	책	하	러		나	가	자
고		한	다	.	엄	마	랑		동
생	은		빼	고		데	이	트	하
자	는		줄		알	고		좋	아
했	는	데	…	아	빠		뱃	살	
빼	야		한	다	며	…			

딸은 아빠의 건강 관리사

정말 아빠 건강 걱정해서 그런 거니?

아님

배 나온 아빠랑 같이 다니는 게 창피한 거니?

	큰	아	이	가		선	물	이	라
며		자	기	가		만	든		쿠
푠	을	준	다	.		뽀	뽀		쿠
푠	은		준	네	?	…	음	…	
아	빠	는		낮	잠		쿠	폰	을
오	늘		당	장		쓰	고		싶
구	나	～	롸	잇			나	우	～ //!

쿠폰 리스트

안타깝게도
낮잠 쿠폰은 동작이 재빠른 마눌님이 득템하셔서
주말 장장 한 시간 동안 낮잠을 자는 영예를 누리고!!
나는, 나는,
청소 쿠폰으로 강제 낙찰되어
딸아이와 함께 청소를 하게 되었다는 전설이ㅠㅠ

내 딸~~~
담 번 쿠폰 만들 땐 죄다 낮잠 쿠폰으로 만들어줘요~~~

	둘	째		아	이	와		병	원
에		들	른		후		약	국	에
갔	다	.	아	이	가		비	타	민
을		들	고		초	롱	한		눈
으	로		쳐	다	본	다	.	근	데
넌		비	타	민	이	니	?	장	난
감	이	니	?						

아이라는 비타민

뭔가 장난감 같은데, 비타민이란다.
아이가 간절히 비타민이 그리 먹고프단다.
아이의 초롱한 눈망울을 무시할 수 없어
하나를 선물해준다…
그리고 뚜껑을 연다.
이런, 비타민 열 알 정도 들었나?
과장 광고 아니 과장 제품들, 미워!!!

	둘	째		아	이	에	게		껌
은		단	물		빠	지	면		버
리	는		거	라		알	려	줬	다
한	참	을		씹	더	니		아	빠
입	에		넣	는	다	.		그	래	도
딸	이		줬	다	고		웃	으	며
씹	는		나	…					

.

아이의 선물 02

팔불출이 따로 없다.
단물 빠진 껌에서
꿀이 흐른다, 꿀이

2015 년 8 월 27 일 목요일

	둘	째		아	이	가		기	도
를		했	단	다	.	엄	마	가	
아	프	게		해	달	라	고	…	엄
마	가		아	프	면		회	사	
안		가	고		집	에		있	는
다	고	…	순	간		가	슴	이	
먹	먹	하	다	.					

아이의 기도

애들에게 한 없이 미안하기만 한 우리
아빠도 바쁘고
엄마도 바쁘고
아이들이 이담에 커서 기억하는
엄마 아빠의 모습은
어떤 모습일까?

오늘도 어김없이 아이들은 엄마를 찾는다.
다른 친구들은 엄마가 집에 있는데
왜 엄마는 일하느냐고 묻는다.
엄마가 아팠으면 좋겠어요
그래야 엄마가 집에 있을 수 있으니까
이 말을 들으며 가슴을 친다.

P.S. 근데 아빠는… 아빠는 안 아파도 되니?

	두		딸	아	이	들	과		같
이		목	욕	을		했	다	.	욕
조	에	서		물	장	난	도	~	비
누	장	난	도		하	면	서		딸
들	과		같	이		목	욕	할	
수		있	는		시	간	…	얼	마
나		남	았	을	까	?			

함께 하는 시간들

아이들과 목욕을 함께 하고 있노라면
마눌님이 사진을 자주 찍어준다.
이제 얼마 안 남았노라며
멀지 않은 시간 안에 이런 풍경은 없을 거라며
자주자주 카메라에 추억을 담아준다.

그래
이미 알고 있다.
왠지 올해까지일 것 같은 느낌적인 느낌

2015 년 9 월 16 일 수 요일	☀ 🌤 🌧 ☂ ⛄

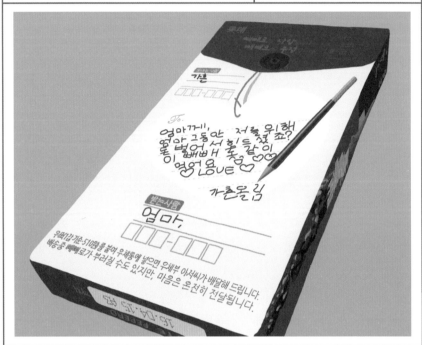

	집	에		왔	더	니		아	내
입	이		귀	에		걸	려		있
다	.	큰	딸	애	가		용	돈	을
모	아		선	물	을		한		것
이	다	.	편	지	를		보	고	
뭉	클	했	다	.	근	데	,	아	빠
건		어	딨	니	?				

삐뚤어질 테닷

엄마, 그동안 저를 위해 돈 벌어서 힘드셨죠?
(폭풍감동)
캬~ 기특한 우리 딸
역시 우리 딸이 최고야!!!
그… 그런데 내 딸
아빠도 삐삐로 먹을 줄 알아
엄마한테만 이러기 있기 없기?

자꾸 엄마한테만 편지 쓰면
삐뚤어질 테닷!!!! 흥!!!!

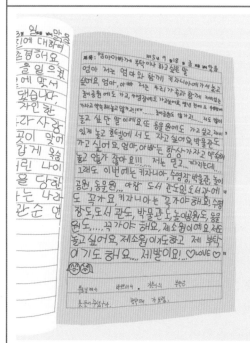

큰	딸	아	이	의		일	기	를
보	았	다.		주	말	마	다	놀
아	준	다	고		놀	아	줬	는	데
선	생	님	이		밖	에	도		안
나	가	고		집	에	서		공	부
만		시	키	는		줄		아	시
겠	다	ㅠ	ㅠ						

속 깊은 일기장 02

내가 아이들과 놀아주는 양과 질보다
아이는 엄마 아빠와 하고 싶은 게
너무 너무 너무~
많다는 것을 알게 되었다.

난 나름 놀아준다고 했는데…
아이 입장에선 그냥 본 거구나, 그런 반성과 함께
다음 주말엔 본격적으로 신나게 놀아줘야 되겠다는
굳은 다짐을 해본다!!

2015년 10월 21일 수요일

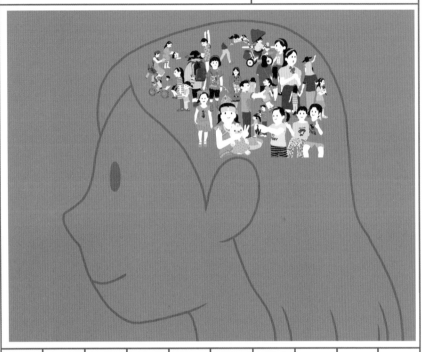

	큰	아	이	는		기	억	력	이
매	우		좋	다	.	까	맣	게	
잇	고		있	었	던		이	야	기
를		불	쑥		해	서		나	를
놀	래	킨	다	.	근	데		딸	아 ~
숙	제	하	는		건		왜		잇
었	니	?							

아이의 기억력

아이의 기억력에
깜짝깜짝 놀랄 때가 많다.
나도 어릴 적 저랬을까 싶다.

떼쓰지 않겠다는
숙제 잘 해 놓겠다는
동생 잘 돌봐주겠다는
게임 많이 안 하겠다는
일찍 자겠다는
그 약속

왜 홀라당 까 먹은 거니?

나중에... 아주 나중에 우리 아이들이 커서 어른이 됐을 때... 우리 아이들에게 '참 잘했어요' 도장을 받았으면 정말 좋겠다...

년	월	일	요일	☀ ⛅ 🌧 ☂ ⛄

가족들과 소중한 추억을 그려 보세요

년	월	일	요일	☀ ⛅ 🌧 ☂ ⛄

가족들과 소중한 추억을 그려 보세요

아빠는 육아 중 **Bonus Track**
착한 어른
사용 설명서

태블릿 PC로 그림일기 쓰는 법

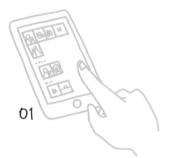

01

휴대폰을 열어 아이들
사진을 찾습니다.

02

아이들 사진을
찍었던 당시를 생각해보면
아이디어가 떠오릅니다.

03

그래도 아이디어가
안 떠오르면... 더 쳐다봅니다.
아이디어가 나올 때까지~

04

그러면 우주가 도와줘서
아이디어가 떠오릅니다~

05

30만원짜리 태블릿을
준비합니다.

06

포토샵을 엽니다.

07

먼저 새로운 레이어를
열어 스케치를 합니다.

08

스케치 위로 새 레이어를
만들고 컬러를 칠합니다.

09

그림을 확대해서
디테일한 작업을 합니다.

10

하나 하나 컬러작업을
하다 보면 어느새 마무리 단계~

11

스케치를 없애고
전체적으로 디테일한 부분을
그려줍니다.

12

마지막으로
그림일기의 일기부분을
써줍니다~

그림일기
1, 완성~

: 참 쉽죠?

보통 아빠의 가족 관찰기

아빠는
육아중

발행일	초판 1쇄 2016년 04월 20일
글·그림	김선일
발행인	노재현
편집장	이정아
책임편집	강승민
마케팅	오정일, 김동현, 한아름
제작	김훈일
디자인	조훈희
발행처	중앙북스(주)
등록	2007년 2월 13일 제2-4561호
주소	(135-010) 서울특별시 중구 통일로 92 에이스타워 4층
구입문의	(02)6416-3917
내용문의	(02)6416-3926
홈페이지	www.joongangbooks.co.kr

ISBN 978-89-278-0746-9

ⓒ김선일, 2016

상장

그동안 고마웠던
엄마아빠께
이 상장을
드립니다.

년	월	일	요일	

엄마 아빠께 고마웠던 마음을 그려보세요.